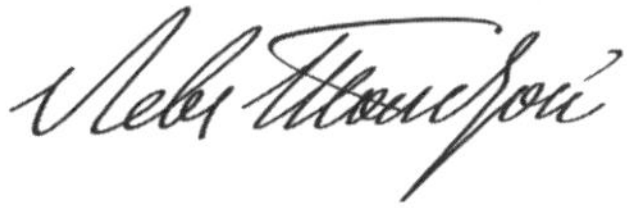

暴風雪

托爾斯泰經典小說新譯

櫻桃園文化

國家圖書館出版品預行編目（CIP）資料

暴風雪：托爾斯泰經典小說新譯 / 列夫 · 托爾斯泰（Lev N. Tolstoy）著 ; 何瑄、魏岑芳 譯 . -- 初版 . -- 臺北市 : 櫻桃園文化 , 2025.5
272 面 ; 14.5x20.5 公分 . -- (經典文學 ; 7)
譯自 : Метель. Избранные рассказы.
ISBN 978-626-98359-1-1 (平裝)

880.57 114005150

經典文學 7
暴風雪：托爾斯泰經典小說新譯
Лев Н. Толстой. Метель. Избранные рассказы

作者：列夫 · 托爾斯泰（Lev N. Tolstoy）
譯者：何瑄、魏岑芳
導讀：江杰翰
責任編輯：丘光
特約編輯：黃廉心
編輯助理：林筠宸（年表）、鄭宏瑞
校對：呂佳真
版面設計（封面及內頁）：丘光
出版者：櫻桃園文化出版有限公司
地址：116 台北市文山區試院路 154 巷 3 弄 1 號 2 樓
電子郵件：vspress.tw@gmail.com

印製：世和印製企業有限公司

總經銷：遠足文化事業股份有限公司
地址：231 新北市新店區民權路 108-2 號 9 樓
電話：02-22181417　傳真：02-86671891

出版日期：2025 年　5 月 16 日初版 1 刷
2025 年 10 月 15 日初版 2 刷（тираж 0.5 тыс. экз.）
定價：380 元

本書選譯自俄文版托爾斯泰作品集：Л. Н. Толстой. Собрание сочинений в 22 томах. М.: Художественная литература, 1982

暴風雪

托爾斯泰經典小說新譯

Метель. Избранные рассказы

Лев Н. Толстой

列夫．托爾斯泰 著

何瑄、魏岑芳 譯

評價讚譽

列夫．托爾斯泰是俄羅斯新文學流派中最傑出的作家之一。

——**伊凡．屠格涅夫**

一個文學作家，除了詩意以外，應該對所描繪的現實了解得極為細微精確；從這個角度依我看來，我們只有一位堪稱出色——就是列夫．托爾斯泰伯爵。

——**費奧多爾．杜斯妥也夫斯基（談《安娜．卡列妮娜》）**

托爾斯泰的〈暴風雪〉令人驚奇，故事雖小，卻是向前進了一大步。

——**亞歷山大．赫爾岑**

他的敘事藝術的力量是無與倫比的。

——**托瑪斯．曼**

謝謝您要我讀托爾斯泰的小說，這是一流作品。他真是一位藝術家和心理學家！……我覺得，他有時候讓我想起莎士比亞。

——**古斯塔夫・福樓拜（與屠格涅夫通信談《戰爭與和平》）**

托爾斯泰作為史詩作家，是我們大家的老師；他教我們觀察人，既要觀察人性顯露於外的現象，也要觀察人心隱蔽於內的活動。

——**安那托爾・佛朗士**

他的作品在任何時代，包括我們這個時代，都是永恆、壯闊且不會消逝的，就像大自然本身一樣，甚至不會讓人感覺到這是人所創造的藝術。

——**史蒂芬・褚威格**

托爾斯泰啊，托爾斯泰！就現今來看，這不是人，而是巨人，是朱比特。

——**安東・契訶夫（與蘇沃林通信談托爾斯泰的援助飢民相關作品）**

托爾斯泰是無法超越的俄羅斯小說家……讀屠格涅夫，您知道這是屠格涅夫。讀托爾斯泰，是因為您停不下來。

——**弗拉基米爾・納博科夫**

在俄羅斯和世界文學中，列夫・托爾斯泰永遠是一座雄偉、難以攀越的高峰。

——**米哈伊爾・蕭洛霍夫**

目次

暴風雪 [1]

何瑄 譯

[1] 本篇原作發表於一八五六年三月號《現代人》雜誌，作者根據自己的一次旅行經驗所得的靈感寫成。作家屠格涅夫稱讚此作極為優越。大約四十年後，托爾斯泰寫了另一篇情節與此相仿的小說〈主人與雇工〉，似乎要與年輕時的自己對話。——俄文版編注與譯注（以下注釋除特別標示外，皆為譯注）

1

晚上六點過後，我喝完茶，從驛站出發。我已經想不起站名了，只記得位於頓河州[1]，靠近新切爾卡斯克。當我用皮襖與毯子緊緊裹住自己，跟阿柳沙並肩坐在雪橇上時，天色已經黑了。驛站外頭似乎溫暖而寧靜，儘管沒有下雪，卻看不見一顆星星；天空看上去極低，與鋪展在我們面前的潔白雪原相比，又顯得無比漆黑。

雪橇駛經幾座黑黝黝的風車磨坊——其中一座正笨拙地轉動巨大葉片。離開小鎮，我發現道路益發窒礙難行，寒風變得更加猛烈，襲向我的左方，將馬尾與鬃毛全吹向一邊，並將馬蹄與雪橇滑木掃開的雪強勁地捲起又吹散開來。我聽不見雪橇鈴鐺聲響，一股凜冽的寒氣竄入袖口直達背脊，腦中忽然浮現驛站長的勸告——最好不要上路，以免徹夜迷途，凍死在路邊。

「我們不會迷路吧？」我問車夫，卻得不到回應，我把問題說得更清楚些：「那個，

---

[1] 頓河州（Земля Войска Донского）為俄羅斯帝國時期的行政區劃，相當於今日的羅斯托夫州和伏爾加格勒州西部等地。首府為新切爾卡斯克（Новочеркасск）。

車夫，我們到得了下一站吧？不會迷路吧？」

「只有天知道了。」他頭也不回地說：「你瞧，地面風勢多強，都看不到路了。我的天啊！」

「你不如直說，有沒有可能送我們到下一站？」我繼續追問：「我們到得了嗎？」

「應該可以。」車夫回答，他還說了一些什麼，可因為風大，我聽不清。

我不願意折返，可是頂著嚴寒的暴風雪在頓河州的空曠草原上整夜亂跑，感覺實在很糟。此外，儘管黑暗中我看不清車夫身影，可不知為何，我就是不喜歡他也不信任他。車夫縮著腿坐在駕駛座正中央而非側邊，他身材過於高大，聲音懶洋洋的，頭頂的帽子也不像驛站的制服帽——太大了，不停隨風搖擺；他趕馬的方式也不合規矩，雙手握著韁繩，像冒充車夫坐在駕駛座上的僕役。重要的是，不知為何，我就是不信任他，或許是因為他用頭巾包住雙耳——總之，我不喜歡架在我面前的這副彎駝背脊，感覺沒什麼好事。

「要我說，還是回去比較好。」阿柳沙對我說：「這樣亂跑有什麼意思！」

「上帝啊！你瞧，暴風雪刮得多厲害！完全看不到路了，眼睛都睜不開了……我的天啊！」車夫抱怨道。

我們走了不到一刻鐘，車夫便勒住馬，把韁繩交給阿柳沙，艱難地移動雙腿離開座位，跳下雪橇尋找道路，寬大靴子踩在雪地發出咯吱咯吱聲響。

「怎麼了？你去哪裡？迷路了嗎？」我問道，可車夫並未回答我；他轉過頭，避開刺目的寒風，離開雪橇向外走去。

待他回來，我又問：「如何？找到路了嗎？」

「什麼也沒找到。」他脾氣忽然變得暴躁，語氣很不耐煩，好像迷路是我的錯。接著又慢吞吞地將大腳伸進前座，戴著結凍的手套分開韁繩。

「接下來怎麼辦？」我們重新上路時，我開口問。

「還能怎麼辦？就看上帝帶我們去哪了。」

於是馬兒繼續拉著我們小跑前進，牠顯然已卯足了全力，駛過的地方有些積雪深達四分之一俄尺[1]，有些則是脆弱光滑的冰層。

儘管天氣寒冷，衣領上的雪花卻快速融化；地面風勢逐漸增強，天空開始稀稀落落飄下雪來。

---

[1] 一俄尺約為〇．七一公尺。

到。

顯然，只有上帝知道我們身在何方，因為我們又走了一刻鐘，連個里程標都沒看

「那個，你覺得呢？」我又問車夫：「我們到得了驛站嗎？」

「到哪一個驛站？如果我們掉頭，讓馬兒自己跑，牠們會帶我們回去；繼續前進可就難說了，我們只會害死自己。」

「嗯，那就回去吧。」我說：「確實如此……」

「那麼，回去嗎？」車夫再問一次。

「是，是，回去吧。」

車夫鬆開韁繩，馬兒跑得更快了。儘管我並未察覺已經掉頭，但風向變了；不過片刻，透過飛舞雪花，我又看見那幾座風車磨坊。車夫努力打起精神，跟我們聊起天來。

他說：「不久前，有輛雪橇從另一處驛站返回。他們在草垛裡過了一夜，直到早晨才抵達。幸虧他們躲在那些草垛裡，不然所有人都會凍死——天氣太冷了。可還是有個人凍傷了腿——三週後死亡。」

「現在沒那麼冷，風雪也小一點了。」我說：「可以繼續趕路嗎？」

「氣溫雖然回暖，可還在下大雪啊。現在回頭，看起來比較容易，其實風雪更強勁。

假如是郵差，或許還能按照自己的意願繼續趕路；可讓乘客凍傷了——這可不是開玩笑的。事後我該如何向先生您交代呢？」

2

這時，我們身後傳來一陣三駕雪橇[1]的鈴鐺聲，它們很快便追上我們。

「這是特快雪橇的鈴鐺聲。」車夫說：「這種鈴聲全驛站獨一無二。」

確實，第一部雪橇的鈴聲順風傳來，清晰可聞，無比優美：純淨、響亮、低沉，還有輕微的顫音。後來我才知道，這種三鈴繫法源於獵人的習俗——將聲響悅耳的大顆鈴鐺擺在中間，與兩邊的小鈴鐺組成三度音。這種三度音和顫動的五度音於空中相互應和，在空曠荒涼的原野中出奇悅耳、動聽。

---

[1] 將三匹馬並套在一起，用於拉車或雪橇，是俄羅斯過去重要的長途交通工具，用於遞送快捷郵件或載人載貨等。

車夫說：「特快雪橇來了。」當三輛雪橇的領頭雪橇趕上我們時，他高聲問後方車夫：「路況怎樣？還能走嗎？」可對方只顧著吆喝趕馬，沒有理他。

特快雪橇經過我們身邊，鈴聲旋即隨風而逝。我的車夫應該覺得尷尬，對我說：「我們走走看吧，先生。他們才剛駛過，轍印還很鮮明。」

我同意了。我們再次掉頭，頂著厚重積雪，逆風緩緩前進。我盯著道路側邊，以免偏離那幾輛雪橇留下的轍印。大約走了兩俄里[1]，轍印還很清晰，後來只看得出雪橇滑木留下的淡淡痕跡，很快地，我就分辨不出是轍印抑或是風吹起的一層雪了。因為一直注視著滑木濺起雪花的單調景象，我眼睛都花了，便改為看向前方。

第三個里程標我們還看得見，卻怎麼也找不到第四個。我們仍如同先前一般行駛，忽而逆風、忽而順風，時而向左、時而向右。最後，車夫說我們偏右了，我卻說偏左；而阿柳沙肯定地說，我們又走回頭路了。我們又停下來幾次，車夫伸出那雙大腳，爬下雪橇去找路，卻徒勞無功。

有一次我也走下雪橇，好似看見一條路，想探探真假。可我頂著風艱難地走了

---

[1] 一俄里約為一．〇六公里。

五六步，便判定到處都是相同的白色積雪，道路只是我的錯覺而已——但這時我已經看不到雪橇了。我喊叫起來：「車夫！阿柳沙！」然而，我感覺自己一開口，聲音就被風捲走，瞬間吹散了。

我走回雪橇原本停留的地方——它不見了；我又向右走——同樣不見蹤影。現在回想起來都還有點不好意思，當時我用高亢、尖銳、甚至帶點絕望的聲音又叫了一次：「車——夫——！」然後發現他就在我兩步之外，黑漆漆的身影，手拿鞭子，頭上的大帽子歪向一邊，忽然出現在我面前。

他領我回到雪橇邊。

「幸好天氣不冷。」他說：「要是遇上嚴寒——那就糟了！我的上帝啊！」

「放開韁繩，讓馬帶我們回去吧。」我坐上雪橇，說：「回得去吧？車夫？」

「應該可以。」

車夫鬆開韁繩，用鞭子在轅馬[2]的轅鞍[3]上抽了三下，我們再度出發。走了約半小

[2] 三駕雪橇或馬車中，最為高大有力且位於中間負責駕轅的主馬。

[3] 轅鞍（седёлка），馬車套具之一，用以支撐馬車、雪橇轅木。

時，忽地前方又傳來熟悉的三道鈴聲；與上回不同，這一次是朝我們迎面而來。還是先前那三部雪橇，已經卸下郵件，後方還拴著幾匹馬，正要返回原驛站。三匹高大的馬兒拉著特快雪橇，伴隨清脆鈴聲，疾馳於前頭。一名車夫坐在駕駛座上，精神奕奕地吆喝駕馬；後方的空雪橇各有兩名車夫，他們坐在座位中間，開心地大聲交談。其中一人抽著煙斗，被風吹旺的火光照亮他部分面容。

看著他們，我為自己不敢上路感到羞恥，我的車夫或許也有同感，因為我倆異口同聲道：「跟著他們走吧！」

3

我的車夫沒等最後一輛雪橇通過，便笨拙地掉轉方向，結果轅木撞上對方繫在後頭的馬，導致那輛雪橇猛然暴衝，扯斷了韁繩，馬兒朝旁邊跑去。

「瞧你這斜眼鬼幹的好事！不會看方向迴轉嗎？撞上人啦！真是見鬼了！」一個矮小車夫用嘶啞、顫抖的嗓音破口大罵。從他的聲音與身形，我能斷定這就是坐在後方雪橇的小老頭；只見他敏捷地跳出雪橇，跑去追馬，口中仍不停粗野咒罵我的車夫。

但馬兒並未停下，車夫緊追在後，不一會，人與馬便消失在白茫茫的暴風雪中。

「瓦西——里！把那匹黃馬牽過來，不然追不上。」空中傳來他的聲音。

一名身材極為高大的車夫從雪橇裡爬出來，他默默解開馬，抓著鞦帶[1]跨上其中一匹，馬步凌亂奔馳，踏在雪地發出咯吱咯吱聲響，消失於同一個方向。

我們和其餘兩部雪橇一起跟在叮噹作響的特快雪橇後方，也不管有沒有路，全速向前飛奔。

「當然囉！他會想辦法捉回馬。」我的車夫提起那名跑去追馬的人，說：「假如一匹馬不合群，那就是野馬，跑到太遠的地方去，就……找不回來了。」

我的車夫自跟在別的雪橇之後，心情似乎變得比較好，話也多了起來。我還不睏，自然藉此機會與他攀談。我開始問他是哪裡人、如何來到這裡、原本從事什麼工作……很快我就知道，他和我是同鄉，都是圖拉[2]人，原本是個農奴，來自基爾皮奇

---

[1] 鞦帶（шлея），馬具束帶的一種，從馬頸圈（хомут）連結至背、臀、腹幾處，環繞束緊馬的軀幹。

[2] 圖拉（Tula），位於莫斯科南方約一八〇公里的城市。

內村；他們家土地很少，自從霍亂大流行以來，田裡幾乎沒有收成，家中只剩兄弟兩人，老三當兵去了，家裡的糧食不到聖誕節就吃光了，他們只能靠著打工度日；他是鰥夫，家裡便由已婚的弟弟掌管。他說，他們村子每年都有車夫結伴到此打工，他以前雖沒駕過車，卻還是來驛站當車夫，幫弟弟分擔家計；感謝上帝，他在這裡一年可賺一百二十盧布，並固定將一百盧布寄回老家，若非「這裡的郵差太過野蠻、居民都愛高聲謾罵」，日子本來可以過得很好。

「哼，那個車夫有什麼好罵的？上帝啊！難不成我是存心搗亂，故意弄斷馬的繩子嗎？何必跑去追馬呢？牠們自己會回來的！這樣只會累壞馬兒，搞死自己而已。」這個信仰上帝的農夫說。

我注意到前方有幾個黑色物體，問道：「這些黑黑的是什麼？」

「那是車隊，行駛方式可有趣了！」當我們經過蓋著草蓆、一輛接一輛魚貫前進的巨大貨車時，他繼續說：「瞧，一個人都沒有——全部都在睡覺。聰明的馬知道怎麼走，絕不會迷路。」他補充道：「我們也跟車隊跑過，所以清楚。」

確實，這些巨大貨車從草蓆到輪子全覆滿了雪，以完全一致的速度行進，看上去很奇特。當我們的雪橇鈴鐺在它們旁邊響起時，只有第一輛貨車稍微掀動草蓆（上頭的積雪有二指深），一頂帽子從裡面探出來一下下，很快又縮回去了。拉車的高大花馬伸長脖子、繃緊背部，有節奏地走在覆滿積雪的道路上，毛茸茸的腦袋在白色車軛[1]底下單調擺動，當我們經過時，牠警惕地豎起一隻耳朵，上頭覆滿了雪。

我們又默默走了半小時，車夫再次轉向我，說：「嗯，您覺得呢？先生，我們走得對嗎？」

「不知道。」我回答。

「先前風是那樣吹來，如今我們全部頂著風雪前進。不，我們走的方向不對，又迷路了。」車夫鎮定無比地下了結論。

顯然，儘管他十分膽小——可「人多膽壯，死也從容」[2]——自我們人數增加，他不必引領與承擔雪橇行進之責後，整個人變得無比鎮定。他冷靜觀察前頭領路車夫的錯誤，彷彿此事跟他毫無關係。

[1] 俄羅斯傳統車軛（дуга）形狀獨特似彎弓，安於馬頸上方，用於連接貨車或雪橇，不僅具有避震效果，也可避免負重的馬受傷。三駕雪橇或馬車的鈴鐺便繫於此上。

[2] 俄國諺語，原文為：「На миру и смерть красна」。

果真，我發現前頭那部雪橇時而偏左、時而偏右；我甚至覺得，我們始終圍著一個小地方打轉。不過，這也可能是錯覺，一如我不時感覺前頭的雪橇在不斷地上坡或下坡，而這裡的雪原其實一片平坦。

又走了一陣子，我看見遙遠的地平線那端，有一條長長的黑帶在移動；過了一分鐘，我便明白，那正是我們方才經過的車隊。雪依舊覆滿車輪，壓得軋軋作響，部分輪子甚至已停止轉動；人們依舊躲在草蓆下睡覺，領路的花馬同樣張大鼻孔，嗅著道路並豎起耳朵。

「瞧，轉來轉去，又回到這車隊附近了！」我的車夫不滿地說：「特快雪橇的馬都是好馬，他們才敢如此死命趕馬；要是我們的馬也這麼徹夜趕路，早就跑不動了。」

他清清喉嚨。

「我們回去吧，先生，以免出事啊。」

「為何？總會到達某處吧？」

「還能到哪裡？我們得在雪原上過夜了。風雪多強啊……我的上帝！」

前頭領路的車夫顯然已迷失方向，找不到路了，可他依然興高采烈地吆喝，繼續飛快趕路；我雖感到詫異，卻不想脫離他們的隊伍。

「跟著他們走。」我說。

車夫繼續前進，可趕起車來比先前更加不情願，而且不再開口跟我聊天。

4

暴風雪越來越猛烈，冰冷的雪花漫天紛飛，空氣彷彿也結冰了，鼻子與雙頰凍得益發生疼，凜冽寒風頻頻灌入皮襖，必須裹得更緊才能禦寒。雪橇不時滑過光溜溜的冰面，並掃起冰面上的雪。

至於我，因為餐風露宿，連續奔波了六百俄里，儘管十分擔心迷路的後果，仍不由自主闔上眼睛，打起瞌睡來。有一次，我睜開眼，頓時感到驚訝，最初一剎那，有道明亮光線，照亮了雪白平原——地平線變得無比開闊，黝黑低沉的天幕倏忽消失，四面八方只見落雪形成的白色斜線。前面幾部雪橇的輪廓顯得更加清楚，當我抬頭望向天空的那一瞬，烏雲彷彿散去了，僅餘飛雪遮蔽天空，在我打盹時，月亮升起來了，穿透稀疏的烏雲與飛雪，投下清冷而明亮的光輝。我的雪橇、馬匹、車夫與前方三部三駕雪橇——全看得一清二楚：第一部是特快雪橇，依然只有一位車夫坐在駕駛座，驅馬狂奔；第二部雪橇坐著兩個車夫，他們丟下轠繩，用厚呢長外衣擋著風，從閃爍的火星可以看出，他們正不停地抽煙斗；第三部雪橇則是不見半個人影，車夫大概在中座裡睡著了。

在我清醒的時候，領路的車夫不時停下馬尋找道路。我們每次停下來，風聲呼嘯便越發強烈，漫天紛飛的雪花也多得驚人，望起來益加清晰。在風雪掩映的月光下，我看見身材矮小的車夫，手持鞭柄探索前方雪地，在一片明亮朦朧中來回走動，接著又回到雪橇邊，側身跳進前座，於是在狂風的單調呼嘯聲中，再度響起輕快響亮的吆喝聲與鈴鐺聲。

每次領頭的車夫爬下雪橇找尋路標或草垛時，第二部雪橇總會傳出一個車夫的聲音，用自以為是的尖銳口吻對前頭車夫嚷道：「聽著，伊格納特！太偏左了，得往右邊一點，頂著風雪前進。」或是：「你幹嘛愚蠢地轉來轉去？直接走雪地就是了，積雪很厚，正適合趕路。」或者：「往右，往右走！我的老弟！你看，那邊有個黑黑的東西，好像是里程標。」又或者：「你到底在搞什麼東西？搞什麼啊？乾脆解開花馬讓牠帶頭，這樣才可以帶你回到路上，這麼做才對。」

而出主意的那名車夫，不僅不去解馬，也不去雪地上找路，連從厚呢長外衣裡探出鼻子都不肯。前頭的伊格納特，有一次聽完他嚷嚷，便說，既然認得路，就來前面帶路；而那個愛給意見的車夫回答，等輪到他駕駛特快雪橇，他就會帶路且一定能找到路。

「況且我們的馬不能帶路！」他嚷道：「不是那種馬！」

「那就別煩我！」伊格納特回答，快樂地對馬吹口哨。

另一名車夫，跟那個愛給意見的傢伙坐在同一部雪橇內，沒對伊格納特說什麼，也不介入此事；從他依舊燃燒的煙斗，還有每回停下來時我聽見的一連串娓娓絮語，我判定他沒睡覺，而是在說故事。

只有一次，伊格納特不知是第六次或第七次停下來，打斷了他旅途的樂趣，他明顯感到惱火，高聲對伊格納特喊道：「怎麼又停下來了？瞧，他竟然還想找到路！都說了，有暴風雪啊！現在就是土地測量員也找不到路了。趁馬還拉得動雪橇，快走吧！不然我們全都要凍死了……懂嗎？快走啊！」

「正是！去年有個郵差差點凍死！」我的車夫附和。

第三輛雪橇的車夫始終沒醒。只有一次，隊伍停下來的時候，愛給意見的車夫叫道：「菲力普！喂，菲力普！」聽不到回答，他又說：「不會凍死了吧？伊格納特，你最好去看看。」

總被趕去做事的伊格納特走近雪橇，推推睡著的人。

「瞧，半瓶[1]伏特加就把他灌醉了！還說他凍死了呢！」伊格納特一邊說，一邊搖他。

睡著的人嘟嘟囔囔，還罵了一聲。

「他還活著，兄弟們！」伊格納特說完，又跑回前頭。

我們繼續上路，而且速度如此之快，使我那匹拉雪橇的棗紅色小馬尾巴不停挨鞭子，不時跳躍一下，笨拙地奔馳起來。

---

[1] 半瓶（косушка），舊俄的酒類計量單位，約等於〇．三公升。

5

跑去追馬的小老頭和瓦西里回來時，我想大概已近午夜了。他們究竟如何在一片漆黑、視線不明的暴風雪中，從光禿禿的雪原上抓住馬，並且找到我們、趕上我們，這點我永遠無法知曉。

小老頭騎著轅馬向前奔跑，雙手雙腳來回擺動（另外兩匹馬則是繫在馬頸圈上，在暴風雪中不能丟下馬）。跑到我們旁邊時，他又開始罵我的車夫：「看你這斜眼鬼！真是的……」

「喂，米特里奇大叔！」第二部雪橇那個講故事的車夫叫道：「你還活著嗎？快上我們的雪橇。」

但小老頭不理他，而是繼續罵人，直到他覺得罵夠了，才跑到第二部雪橇旁邊。

「馬都抓回來了？」雪橇裡有人問他。

「可不是嘛！」

馬兒奔跑的同時，個子矮小的老人將胸口抵住馬背，然後跳到雪地上，腳步毫不停留，跟著雪橇奔跑，再翻進雪橇裡，雙腳朝天翹在邊緣的欄杆上。而高個子的瓦西里，依舊默默地跟伊格納特一起坐在前面的雪橇上，開始和他一起找路。

「瞧這傢伙，可真會罵人……我的上帝啊！」我的車夫嘀咕道。

之後我們又沿著白雪皚皚的荒野，在寒冷蒼白、飄移不定的風雪世界裡不停走了許久。我睜開眼——面前依舊豎立著車夫那頂難看的帽子與拱起的駝背，上頭滿是積雪；還有依舊低矮的車軛，其下，在兩條拉緊的皮帶中間，籠頭[1]來回晃動；馬兒都保持相同的距離，轅馬的黑色鬃毛被風吹得全歪向一邊；從背後望去，右邊依然是那匹棗紅色的騑馬[2]，馬尾簡單地繫在車轅橫木上，不時擊打雪橇夾板；向下看去——依然是滑木刮起的鬆散雪花，強風持續捲起雪花，全部吹往同一個方向。前方帶頭的雪橇始終保持一定的距離。無論前後左右，看起來全是一片白茫茫。

我的雙眼試圖搜尋新鮮事物，卻徒勞無功：沒有路標、沒有草垛、沒有籬笆——

---

[1] 籠頭（узда）通常由一組帶子組成，一條繞過耳後，一條環繞動物伸長的吻部，可以繫上韁繩以便牽引或者拴住動物。

[2] 駕在轅木兩旁的副馬，稱為「騑馬」或「驂馬」。

什麼都看不到。到處都是白茫茫的，而且變幻莫測：有時，地平線好似無比遙遠；有時，又近得彷彿只有兩步距離；忽而，右方多出一道白色高牆，並且跟著雪橇奔跑，又倏忽消失，出現於前方，越跑越遠，然後再度消失。

我望向天空——起初似乎很明亮，透過迷霧彷彿可以看到星星，可星星遠離了視線越爬越高，最後只看得見雪花，擦過眼角落到臉龐與皮襖領口；天空一派明亮、蒼白、單調，並且變化無常。風似乎不停改向：時而迎面襲來，雪花糊滿雙眼；時而從旁侵擾，掀翻皮襖領子蓋到我頭上，嘲弄地用其拍打我的臉；時而又從後方透過縫隙呼呼作響。

我聽見馬蹄與雪橇滑木不停踩踏雪地，發出輕微的咯吱聲響，以及當我們走在積雪較深之處，逐漸平息的鈴鐺聲響。只有偶爾，當我們逆風行進與走在光滑的冰面上時，才能清楚聽見伊格納特活力十足的口哨聲和響亮的鈴鐺聲，以及與之呼應的叮叮噹噹五度音。這些聲響忽而歡欣打破荒原的淒涼氛圍，隨後又變得單調，以令人難以忍受的精準頻率重複彈奏同一首曲調——我不禁如此想。

我的一隻腳開始凍得發疼，當我翻身試圖裹緊皮襖，落在衣領與帽子上的積雪便滑進我的脖子，使我冷得發抖；可整體而言，裹著保暖的皮襖還是有效果的，我覺得暖和，又打起瞌睡來。

6

種種回憶與畫面於腦海中迅速而激烈地更迭。

我心想：「那個老是在第二部雪橇大聲嚷嚷、愛給意見的傢伙，是個什麼樣的人呢？想必是個身材結實、短腿的紅髮男子，就像我們家餐廳的老侍者菲佑多爾．費利佩奇一樣。」

於是，我看見我家大宅的樓梯，五名農奴正用幾條毛巾使勁將鋼琴從廂房拖出來；菲佑多爾．費利佩奇穿著粗布製的常禮服，只見他捲起袖子，手裡拿著一個鋼琴踏板，跑在前頭，拉開門閂，扯住一條毛巾開始推，又在別人腿間鑽來鑽去，妨礙所有人做事，還不斷焦急大喊：「前面的人，前面的人抬呀！就是這樣，後面再高一點，高一點，高一點，抬進門內！就是這樣。」

「不勞煩您了，菲佑多爾．費利佩奇。我們自己來就好了。」園丁怯怯地說，身體緊貼欄杆，臉漲得通紅，使盡力氣抬起鋼琴一角。

但菲佑多爾．費利佩奇不肯罷休。

「這是怎麼回事？」我思忖：「處事方面，他自認為是不可或缺的人才嗎？或是純粹沾沾自喜，因上帝賦予他雄辯滔滔的自信口才，便盡興濫用？應該是後者吧。」

不知為何，我看見池塘，幾名疲憊的農奴站在及膝池水中拖拉漁網，菲佑多爾．費利佩奇拿著水勺，又對眾人大呼小叫；他在池邊跑來跑去，偶爾才會走到水邊，用手抓住金色鯽魚，倒掉勺內的髒水，再加一些清水進去。

這是七月的某天中午，花園的草皮剛修剪過，我頂著直射的灼熱陽光，沿著花園走向某處。我年紀還很輕，感覺自己缺乏並渴望獲得某樣東西。我走到池塘邊，走到我最喜歡的地方——位於薔薇花叢與白樺小徑中間的一處空地，躺下來睡覺。我記得那個感受，當我躺在地上，透過野薔薇紅豔帶刺的枝條，望向乾燥結塊的黑土和蔚藍明亮、清澈如鏡的池塘，心中洋溢著天真自得與一番愁緒。周圍的一切是如此美好，使我深深感動，我感覺自己也很美好，唯一遺憾的是，無人欣賞我。

天氣很熱，我打算睡個好覺，撫慰自己；可蒼蠅，討厭的蒼蠅，在這裡都不讓我安寧，牠們開始聚集在我周圍，密密麻麻且持續飛舞，如果核般沉沉從我額頭跳到手上；烈日下，蜜蜂在我身旁嗡嗡作響，黃翅蝴蝶無精打采地從這株草飛到那株草。我看向天空——陽光太過明亮，穿透樺樹茂密的淺色枝葉，刺痛我的雙眼，枝葉在我頭頂靜靜擺動——感覺更加炎熱。

我用手帕蓋住臉。我開始覺得窒悶，蒼蠅彷彿黏在我出汗的手上；兩隻麻雀在野薔薇花叢中跳來跳去，其中一隻跳到離我一俄尺遠的地面上，一次兩次……故作用力啄著土壤，並且快樂地吱吱叫著，從花叢中飛走，弄得枝葉沙沙作響；另一隻麻雀也跳到地上，晃晃尾羽，回頭張望，吱吱叫著，追隨前一隻麻雀，箭也似地飛走了。

池塘處傳來陣陣搗衣聲，聲音低沉彷彿沿著水面擴散開來，伴隨戲水者的笑語聲及潑水聲。一陣風襲來，遠處的白樺樹梢沙沙作響；風兒逐漸接近，拂動青草，吹得薔薇葉片擺動起來，打在枝條上；隨後，一股清風掀起手帕一角，癢癢地撫摩我汗溼的臉龐。一隻蒼蠅從揚起的手帕空隙飛了進來，驚慌失措地在我溼潤的唇邊亂撞。我背部底下還壓著一根枯枝。不行，我躺不下去了，不如去洗個澡吧。

這時，花叢邊傳來一陣急促的腳步聲和女人驚慌的聲音：「喔，天啊！這是怎麼回事？這裡連個男人也沒有！」

「怎麼啦？怎麼啦？」我跑到陽光下，問那個一邊驚叫、一邊跑過我身邊的農婦，可她只顧回頭張望，揮舞雙手，繼續向前跑去。接著，一百零五歲的瑪特廖娜婆婆出現了，她一手按住歪掉的頭巾，拖著一隻穿著毛襪的腳，跟跟蹌蹌朝池塘跑去；又有兩個女孩手拉手跑過去；一個十歲大的小男孩，身穿父親的常禮服，抓住其中一個女孩的麻布裙子，跟在後面跑。

「發生什麼事了？」我問他們。

「有個農夫溺水了。」

「在哪裡？」

「在池塘裡。」

「是誰？我們家的嗎？」

「不是，一個路人。」

車夫伊凡穿著一雙大皮靴，踩在剛修剪的草皮上，與氣喘吁吁的肥胖管家雅科夫一起跑向池塘，我則是跟在兩人身後。

我記得內心有個聲音對我說：「快跳下去，救那個農夫，把他拉出來，所有人都會為你驚嘆！」我正是如此想。

「人在哪裡？在哪裡？」我問聚集在岸邊的一群農奴。

「就在那裡，靠近對岸，水最深的地方，幾乎接近澡堂那邊。」一個洗衣婦說，一邊將溼衣服掛上扁擔。「我看見他跳進水中，浮浮沉沉，一邊大喊：『天啊！我要淹死了！』然後又沉下去了，只有氣泡冒出來。這時，我看他快淹死了，趕緊大喊：『天啊！有人要淹死了！』」

洗衣婦說完，將扁擔放在肩上，搖搖晃晃沿著小徑，離開池塘。

「瞧，造了什麼孽啊！」管家雅科夫．伊凡諾夫絕望地說：「這下完了——要不停跑縣法院了。」

一個手持鐮刀的農夫，從站在岸邊的女人、小孩和老人堆中擠出來，將鐮刀掛在柳樹枝上，慢吞吞地脫下靴子。

「他到底是在哪裡沉下去的？」我不停問，很想跳下去，做出一件不平凡的事。然而，他們所指之處，池面平滑如鏡，偶爾漾起微風吹拂的漣漪。我不懂，那人怎麼會溺水，池水始終如此光滑、美麗、寧靜，在正午陽光下閃爍著金色光輝。我覺得自己似乎無法引起別人注意，我辦不到，泳技太差了。而那名農夫已經從頭上脫掉襯衣，就要入水了。眾人滿懷希望、屏氣凝神地看著他，然而，他走到水深及肩處，又慢吞吞地走回來，重新穿上襯衣——他不會游泳。

人們絡繹不絕跑來，圍觀人群越來越多，婦女緊挨著彼此，卻無人伸出援手。那些剛來的人提出各種建議，唉聲嘆氣，臉上浮現恐懼與絕望的神色；而先前聚集的人，有些站得累了，便坐在草地上，有些則回去了；瑪特廖娜婆婆問女兒，有沒有關上烤爐的門；身著父親常禮服的小男孩用力將小石子扔進池中。

這時，菲佑多爾．費利佩奇養的狗特列佐卡在屋外一邊叫、一邊困惑地回頭張望，跑下山來；菲佑多爾．費利佩奇本人也跟著一邊叫喊、一邊跑下山，出現在野薔薇叢後方。

「還站著幹嘛？」他喊道，邊跑邊脫上衣。「人都要淹死了，你們還站著不動！拿條繩子來！」

眾人懷抱希望與恐懼，注視著菲佑多爾．費利佩奇。只見他單手扶住一名殷勤農奴的肩膀，一邊用左腳腳尖脫下右腳鞋子。

「就在那裡——在大家站立的地方，在柳樹右邊。菲佑多爾．費利佩奇，就在那裡。」有人跟他說。

「知道了！」他答道，並皺起眉頭，應該是為了回應在場婦女流露的害羞神情。

他脫下襯衣與十字架，交給諂媚地站在他跟前的園丁的小兒子，隨後精神奕奕踩著修剪過的草地，向池塘走去。

特列佐卡不懂主人的動作為何如此迅速，牠留在人群旁邊，吧唧吧唧地咀嚼岸邊的青草，牠疑惑地看向主人，忽然歡快地大叫一聲，跟主人一起跳進水裡。一開始，除了飛濺到我們身上的水沫外，我什麼都沒看到；隨後，菲佑多爾．費利佩奇優美地擺動雙臂，白皙背脊有節奏地起伏，迅速向對岸游去，距離超過一俄丈[1]。至於特列佐卡，則是吃了幾口水，連忙回到岸上，在人群旁邊抖抖身上水珠，又倒臥岸邊摩擦背部。

與此同時，菲佑多爾．費利佩奇游近對岸，兩名車夫拿起捲在木棍上的漁網跑向柳樹。菲佑多爾．費利佩奇不知為何舉起雙手，潛入水中一次、兩次、三次……每次都從嘴裡吐出一大口水，瀟灑地甩甩頭髮，毫不理會四面八方湧來的各種問題。最後他爬上池岸，我只看見他命人撒網。網拉起來了，可除了水草和幾條活蹦亂跳的小鯽魚外，裡頭沒有任何東西。當他們二度撒網，我便往對岸走去。

只聽得菲佑多爾．費利佩奇發號施令的聲音、溼麻繩拍打水面的聲響與眾人恐懼

[1]　一俄丈等於三俄尺，約為二．一三公尺。

的嘆息。右側溼麻繩纏繞的水草越來越多，逐漸露出水面。

「夥伴們，現在一起用力——拉！」菲佑多爾．費利佩奇高喊。漁網底部浮出水面，溼答答直滲水。

「兄弟們，裡頭有東西，好重。」某個人說道。

漁網拉上來了，擱在岸邊，壓得草地一片溼漉漉。網中有兩三條鯽魚在掙扎。從束緊的網中，透過一層混濁晃蕩的淺水，隱約可見某樣白色物體。在死一般的寂靜中，圍觀人群發出一陣低沉卻清晰可聞的哀嘆聲。

「夥伴們，一起拉，拖到乾燥的地方，拉呀！」菲佑多爾．費利佩奇果決道，於是他們沿著剛修剪過的牛蒡花與刺實草，一路將溺水者拖往柳樹。

這時，我看見我那穿著絲綢禮服的善良老姑媽，看見她那把綴有流蘇的淡紫色陽傘（不知為何，配上眼前這幕實在恐怖的死亡畫面，顯得很不協調）和即將放聲痛哭的臉。我記得那張臉龐流露的絕望之色，連山金車[2]都無法治療；我記得，她懷著一股

[2] 山金車（Arnica）是一種源於中歐以及西伯利亞高原地區的菊科植物，用於緩解肌肉、關節方面的疼痛與炎症，藥用歷史悠久。

單純的個人偏愛對我說：「走吧，我的朋友。唉，這樣多危險啊！可你總愛獨自下水游泳。」聽了這話的當下，我感到痛苦與悲傷。

我記得，那天的太陽多麼明亮炎熱，將腳下的土地烤得乾枯龜裂；陽光在平滑如鏡的池面上閃爍；大鯉魚在岸邊跳躍；一群小魚在池面中央激起漣漪；老鷹高翔於天空，在一群小鴨頂上盤旋；小鴨則是吵吵鬧鬧、踢濺水花，穿過蘆葦划到池塘中央；雷雨前的白色卷層雲聚積在地平線上；漁網擱在岸邊，裡頭的泥漿漸漸流出；走過堤岸時，我又聽見搗衣聲從池塘擴散開來。

可這搗衣聲彷彿是兩根棒槌同時敲擊的三度音，使我聽了痛苦難受；尤其我知道，這敲擊聲其實是鈴鐺聲，菲佑多爾．費利佩奇又不讓其平息，響聲如同刑具壓在我凍僵的腿上——原來我睡著了。

我是被吵醒的，大概是因為雪橇跑得太快了，還有兩個人在我旁邊說話。

「聽著，伊格納特，伊格納特！」我的車夫說：「帶上我的乘客吧，你反正要回驛站，我何必多跑一趟！帶上他吧！」

伊格納特直接在我旁邊回答：「叫我負責帶一位乘客，有什麼好處？……給我一瓶[1]伏特加？」

「嘿，一瓶？……就給半瓶吧。」

「瞧，只有半瓶！」另一人嚷道：「為了半瓶酒，把馬折磨個半死。」

我張開眼睛。眼前依舊是一片叫人生厭的茫茫雪花，以及相同的車夫與馬匹，但我看見旁邊還停著一部雪橇。我的車夫趕上了伊格納特，並排跑了許久。儘管另一部雪橇裡，有人勸伊格納特別接受低於一瓶伏特加的代價，他卻忽然停下雪橇。

「好吧，算你走運，挪過來吧！明天我們一抵達，你就拿半瓶酒過來。行李多不多？」

我的車夫異常敏捷地跳到雪地上，向我鞠躬並請求我改乘伊格納特的雪橇。我欣然同意。這個敬畏上帝的農夫顯然高興極了，想對別人表露他的感激與歡喜——他鞠躬行禮，向我、阿柳沙與伊格納特道謝。

「感謝上帝！不然就糟了，我的天啊！跑了大半夜，自己都不知道往哪裡去。尊

[1] 原文用半俄升（полштоф），舊俄的酒類計量單位，約等於〇．六公升，是當時販賣伏特加酒的主要瓶裝容量。

敬的先生，他會把您送到的。我的馬兒已經跑不動了。」

他充滿幹勁地卸下我的行李。

當他搬行李時，我順著風向，或者說是風把我吹送到第二部雪橇旁邊。雪橇上，尤其是兩名車夫用長外衣遮頭擋風的那一邊積滿了雪，足有四分之一俄尺深；然而長外衣底下的空間卻是靜謐而舒適。小老頭依舊兩腿朝天躺著，而說故事的人繼續講他的故事。

「就在這時，當將軍以國王的——那個名義，來到——那個監牢，探視瑪麗亞，就在這時，瑪麗亞對他說：『將軍！我不需要你，我也不能愛你。我的意思是，我愛的人不是你，而是王子……』就在這時……」他正想講下去，可一看見我，便立刻閉上嘴巴，開始吹旺煙斗。

「怎麼，先生，您也來聽故事啊？」被我稱為愛給意見的人說。

「你們這裡很好，氣氛很歡樂。」我說。

「可不是嘛！說故事解解悶，至少不會胡思亂想。」

「那麼，你們知不知道，我們現在在哪裡？」

我發覺車夫很不喜歡這個問題。

「誰認得出在什麼地方？或許我們已經闖到卡爾梅克人[1]的地方了。」愛給意見的人回答。

「那我們該怎麼辦？」我問。

「能怎麼辦？我們就這麼走下去，也許能通過這場暴風雪。」他不高興地說。

「唔，要是我們一直出不去，馬在雪地裡又跑不動了，到時該怎麼辦？」

「還能怎麼辦？什麼辦法也沒有。」

「這樣可能會凍死。」

「當然會囉，因為現在連草垛都看不到，可見我們真的闖進卡爾梅克人的地方了。最重要的是注意風雪變化。」

「先生，你是不是怕會凍死啊？」小老頭問，嗓音顫抖。

儘管他這句話像是在揶揄我，可顯然他也冷得渾身發抖。

「是啊，天氣冷極了。」我說。

[1] 卡爾梅克人（Kalmyks），蒙古族的一支，約從十七世紀上半葉開始遊牧於伏爾加河下游一帶。卡爾梅克人的地方，指伏爾加河下游臨裡海西北部附近。

「噯，先生，你呀，就要像我一樣，不時下來跑跑——你就會熱起來啦。」

「最重要的是，你得跟著雪橇跑。」愛出主意的人說。

7

「請過來吧，已經準備好了！」阿柳沙從前面那部雪橇對我高喊。

暴風雪如此強勁，腳下的雪花隨風飛舞、飄搖不定，我必須弓起身體，雙手揪住大衣前襟，費盡力氣向前行走，才能穿越這層阻礙，抵達只有幾步之遙的雪橇。

我原本的車夫已經跪坐在空雪橇中間，然而一看見我，便脫下頭上的大帽子（狂風將其頭髮吹得倒豎），向我討要酒錢。他大概也不指望我會給錢，因為我拒絕他的時候，他一點也不難過。他依舊向我道謝，戴上帽子，對我說：「願上帝保佑你，先生……」然後拉拉韁繩，嘴裡嘖了一聲，便走開了。

隨後，伊格納特挺直腰桿並吆喝馬兒，沙沙的馬蹄聲、叱喝聲與鈴鐺聲又取代了狂嚎風聲——在雪橇停下時，風聲呼號尤其明顯。

換了雪橇後，有一刻鐘的時間，我沒有睡覺，而是興致勃勃地觀察新車夫與馬匹。伊格納特威風凜凜地坐著，身體隨著雪橇不停上下彈動，他揚手朝馬兒揮鞭，口中吆喝著，用一隻腳輕踢另一隻腳，俯身調正轅馬那副總是滑向右邊的鞦帶。

他個子不高，但體格很好：短襬皮襖外頭罩著一件不束腰的厚呢長大衣，領口幾乎完全敞開，露出整個脖子；腳上穿的是皮靴而非氈靴；他不時脫下頭頂的小帽子，拉平整後再戴上，雙耳處只以頭髮遮蔽。

他的舉止動作在在顯示充滿幹勁，可我認為他是有意藉這些動作給自己激出更多力氣。而且，隨著我們行進越遠，他益發頻繁地整裝，在座位上彈跳，雙腳互相磨蹭發出聲響，並跟我和阿柳沙聊天。我認為他是害怕，避免自己陷入絕望。原因在於：路變得越來越難走，馬兒雖好，可顯然越跑越不情願，必須要用鞭子抽打。而轅馬是一匹鬃毛豐厚的高大駿馬，絆了一兩次，像是受了驚嚇般，立刻向前猛衝，鬃毛蓬亂的馬頭向上昂起，幾乎觸到懸掛的鈴鐺。

我不由自主看向右側騑馬，其鞦帶上垂墜的長流蘇不停相互碰撞、向外擺動，顯然牠弄鬆了套繩，必須挨鞭子。不過，按照良馬、甚至是烈馬的習性，牠似乎惱恨於自己的軟弱，暴躁地上下晃動腦袋，重新適應轡繩。

確實，眼看暴風雪越來越強，天氣越來越冷，馬兒疲憊無力，路況變得更加糟糕，而我們完全不知自己身在何處，也不知該走向何方，別說是驛站，連個棲身之處都找不到，真是可怕極了。然而，聽見鈴鐺如此歡快地響動及伊格納特爽利動聽的吆喝聲，好似在隆冬一月的晴朗中午，乘著雪橇於節日在鄉間小路上出遊，感覺既可笑又古怪；尤其，我們始終保持高速，持續盲目前進，想想就覺得古怪。

伊格納特用一種很難聽的假音哼起歌來，儘管難聽，他卻唱得無比大聲，不時停頓下來吹幾聲口哨，讓人聽著聽著，便會納悶有什麼好怕的。

「喂，喂──你扯破喉嚨啦！伊格納特！」愛給意見的人說：「先停一會吧！」

「什麼？」

「別──唱──了！」

伊格納特不唱了。一切又沉寂下來，只有風聲在呼號尖嘯，雪花飛舞，密密麻麻落入雪橇內。愛給意見的人走到我們旁邊。

「嗯，什麼事？」

「還有什麼事！到底要走去哪裡？」

「誰知道啊！」

「腳凍僵了是嗎？看你一直這樣跺腳。」

「完全沒感覺了。」

「你往那邊走吧，那邊可能是卡爾梅克的游牧部落。或許能在那裡暖暖雙腿。」

「好吧，你牽著馬……喏。」

於是伊格納特照他所指的方向跑去。

「無論如何都應該過去看看，這樣你就找得到路啦！不然像個笨蛋一樣亂跑。」愛給意見的人對我說：「瞧，馬都跑得出汗了！」

伊格納特去找路的時候（他去了很久，我甚至擔心他是不是迷路了），愛給意見的人用一副自以為是的淡定口吻告訴我，遇到暴風雪該怎麼辦：最好是解開馬，讓牠自由行動，上帝保佑，牠會帶你找到路的；有時也可以觀察星星，辨別方向；又說，如果是他帶路，我們早就抵達驛站了。

「如何？有嗎？」當伊格納特吃力地踩著深可沒膝的積雪回來時，他問道。

「有是有，我看到游牧部落了，就是不知道是什麼人的。」伊格納特氣喘吁吁回答：「兄弟，我們應該是走到普羅爾戈夫的別墅了，得往左走。」

「胡說！在哥薩克村鎮後面的，全是我們的部落。」愛給意見的人反駁。

「我就說了，不是！」

「我們的部落，我一看就知道了；如果不是，那就是塔梅舍夫斯科。還是得往右走，這樣可以走到大橋——八號里程標那裡。」

「都說了不是！我親眼看到的！」伊格納特惱怒地回答。

「哼，兄弟，還敢說是車夫呢！」

「我當然是車夫！你自己去看。」

「我去幹嘛？我不看也知道。」

伊格納特顯然生氣了，他不再回應，跳上駕駛座，繼續趕路。

「瞧，我的腿都凍僵了，怎麼也暖不起來。」他對阿柳沙說，繼續摩擦雙腳，動作越來越頻繁，還把卡在靴子裡的積雪挖出來倒掉。

我感到無比睏倦。

8

「莫非我已經凍死了?」我迷迷糊糊思索:「聽說,人都是在睡著的時候凍死的。與其凍死,不如淹死,至少有人會用魚網把我撈起來;其實,淹死凍死都一樣,只要背後沒東西抵著,讓我睡一會就好。」

我稍微打了個盹。

「這一切究竟會有什麼結果?」我忽然自問,瞬間睜開眼睛,凝視白茫茫的天地。「到底會是什麼結果呢?假如我們始終找不到草垛,連馬兒也不肯走——這即將發生——我們全部都會凍死!」

老實說,儘管我有點害怕,可一股期盼發生什麼特殊悲劇的念頭過於強大,壓下了輕微的恐懼。我想,假若在明天清晨以前,由馬兒自行領著我們來到一處遙遠而陌生的村莊——我們凍得半死,甚至有幾人已經凍死了——也算是不錯的結果了。

類似的想像異常鮮明、迅速地掠過我眼前:馬兒不走了,雪越積越厚,只看得見車軛與馬耳;忽然,伊格納特乘著三駕雪橇出現在上方,並且經過我們旁邊,我們懇求他、大聲叫喊，請他帶我們離開，可暴風捲走了我們的聲音，他沒聽見；伊格納特笑嘻嘻地吆喝馬兒，吹著口哨，消失在一座積雪的深谷中。小老頭騎在馬上，揮舞雙臂，想往前奔跑，卻無法離開原地；我先前那位戴著大帽子的車夫衝向他，把他拉到地上，使勁往雪裡踩。「你這個愛罵人的老巫師！」他大叫：「我們都要迷路啦！」可小老頭用頭頂開雪堆——他不是小老頭，而是隻兔子，從我們身邊跳走了。所有的狗都跑去追牠。

愛給意見的人，即菲佑多爾．費利佩奇，他說：大家坐成一個圓圈，即便雪蓋住我們也沒關係，如此才會暖和。確實，我們感到溫暖舒適，只是口渴不已。我拿出酒箱，請大家喝加糖的蘭姆酒，自己也暢飲一番。說故事的人正在講一個關於彩虹的故事，我們頂上真的出現一片白雪與彩虹形成的天花板。「現在我們每個人蓋一間小雪屋，然後睡覺吧！」我說。雪像毛皮一樣輕柔溫暖，我給自己蓋了一間小屋，正想進去時，菲佑多爾．費利佩奇看見我的酒箱裡有錢，竟說：「等等！把錢交出來，反正你都要死了！」並且抓住我的腿。我交出錢，只求他們放我離開，可他們不相信這是我全部財產，還想殺死我。

我抓住小老頭的手，懷著難以言喻的喜悅，親吻他那細膩可愛的手。起初他試圖掙脫，後來便任我親吻，甚至用另一隻手愛撫我。然而，菲佑多爾．費利佩奇靠過來威脅我，我跑進自己的小屋，可這不是小屋，而是一條白色長廊；有人抓住我的雙腿，我極力掙扎，那人手裡僅剩下我的衣服和一塊人皮。而我只感到寒冷與害羞——尤其是看見姑媽手持陽傘與順勢療法藥箱，挽著那位淹死的人的手，迎面向我走來；兩人都在笑，完全不了解我對他們比的手勢。

我跳進雪橇，雙腿在雪地上拖行，小老頭揮舞雙臂，緊追在後。他十分接近了，這時我聽見前方傳來兩道鐘聲，我知道，如果我跑進教堂就能獲救；鐘聲越來越近，越來越近，可小老頭追上了我，撲過來用肚子壓住我的臉，我幾乎聽不到鐘聲。我又抓起他的手親吻，可他不是小老頭，而是那個淹死的人……他叫道：「等等，伊格納特！那好像是阿赫梅特金的草垛！快去看看！」這夢境實在太可怕了，不，我還是醒來比較好……

我睜開眼。風吹起阿柳沙的大衣下襬，蓋住我的臉；我一邊膝蓋露出來了。我們正走在光滑的冰面上，鈴鐺的三度音夾雜著顫動的五度音，清晰飄揚於空中。

我想看看哪裡有草垛，可放眼望去，不見草垛，只有一棟帶陽台的房子及齒牆[1]堡

[1] 齒牆，又稱雉堞、垛牆、戰牆，為鋸齒狀牆，具掩蔽功能之防禦工事。

壘。我對房子與堡壘興趣缺缺，最主要的是，我想再見一次那條我跑過的白色長廊，聆聽教堂的鐘聲並親吻小老頭的手。

我又閉上眼睛，睡著了。

9

我睡得很熟，可夢中一直聽見鈴鐺的三度音，聲音忽而化為一條狗，汪汪叫著向我衝來；忽而又變成一組管樂團，我在裡面吹笛；忽而又變成我作的一首法文詩；忽而我感覺這三度音變成一種刑具，不停夾緊我的右腳跟，疼痛是如此劇烈，我不禁睜開眼睛，清醒過來，揉揉右腳——腳凍僵了。

夜色依然如此明亮，霧氣迷濛，一片白茫茫；我和雪橇依舊磕磕碰碰行進；伊格納特依然側身坐在駕駛座上，不停磨蹭雙腳；騑馬依然伸長了脖子，略略抬起四蹄，在厚厚的雪地上小跑，鞦帶的流蘇不停跳動，拍打馬腹；轅馬有節奏地晃動腦袋，鬃毛飄揚，繫住車軛的轠繩時而繃緊、時而鬆弛；然而，覆蓋在上頭的積雪比先前更多了。

雪花從前方與側邊飛舞，飄落在雪橇滑木與馬腿上，深及膝部；又從上方落下，灑在我們的衣領與帽子上。強風忽左忽右地擺弄騑馬的鬃毛，以及伊格納特的領口與厚呢外衣前襟，又在轅木與車軛上方咆哮。

天氣極為寒冷，我將頭探出領口，冰冷的雪花便紛紛落在睫毛、鼻子、嘴唇上，並鑽進脖子裡。放眼望去，周遭一切都是明亮、白茫茫的，全覆滿雪，除了朦朧微光與白雪，別無其他。

我內心升起強烈恐懼。阿柳沙睡在雪橇底部最深處，整個背部覆了一層厚厚的雪；伊格納特並未灰心，不停拉著轠繩，吆喝馬兒，並用力磨蹭雙腿；鈴聲依舊如此美妙動聽，馬兒打著呼嚕，但跑得越來越慢，頻頻絆跌；伊格納特彈跳了一下，揮揮手套，又用尖細而緊繃的聲音唱起歌來。歌還未唱完，他便勒住馬，把轠繩扔在前座，爬下雪橇。

狂風怒號，雪花大把大把灑落皮襖前襟，我回頭張望，第三部雪橇已經不見了（不知在什麼地方脫隊了）。第二部雪橇旁邊，透過濛濛雪霧，可以看見小老頭的雙腳交互跳躍；伊格納特離雪橇約三步遠，坐在雪地上，解開腰帶，動手脫下靴子。

「你這是在做什麼？」我問。

「我得換靴子，不然整個腿都要凍僵了。」他答道，手上動作持續。

要從大衣領口探出脖子看他在做什麼，我覺得太冷了。我坐直身體，看著那匹騑馬如何抬腿，虛弱而疲憊地擺動打結且積雪的尾巴。伊格納特跳上駕駛座，震動雪橇，把我驚醒了。

「如何？我們現在在哪裡？」我問：「天亮前到得了嗎？」

「放心，會到的。」他回答：「我換了雙靴子，現在腳暖和了。」

於是他出發了，鈴聲再度響起，雪橇又開始搖搖晃晃，狂風在滑木底下呼嘯。我們再次航行在無邊無際的雪海上。

10

我睡得很熟，阿柳沙用腳踢醒我，我睜開眼，天已經亮了。氣溫似乎比夜裡更冷。

天空不再飄雪，可乾燥的強風持續將細碎雪花吹向田野，吹到馬蹄與雪橇滑木之下。

右方東邊的天空起初為暗藍色，予人沉重之感，但鮮豔的橘紅斜暉越來越明亮，頭頂上那染了幾抹霞光的烏雲漸漸發白飄走，從中可見微亮的藍天；左方則有輕盈淺淡的流雲飄移。放眼四顧，田野遍布層層疊疊的白色積雪，有幾處還可見到灰色雪堆，乾冷、細碎的雪點在周圍不停飛舞。沒有雪橇的痕跡、人類的腳印、野獸的足跡，什麼也沒有。

在白色背景襯托下，車夫與馬匹的背影色彩鮮明無比：伊格納特那頂深藍色帽子的帽圈、他的衣領、頭髮甚至靴子——全是白的。整部雪橇覆滿了雪。灰藍色的轅馬右半邊頭部與鬃毛滿是雪花；我那匹騑馬的四足隱沒在及膝的深雪中，冒汗的臀部右側同樣沾滿雪花，好似多出一層蓬鬆鬈毛。鞦帶的流蘇以所能想像的旋律節拍瘋狂跳動，騑馬也以相同的頻率奔馳，然而從牠頻頻起伏卻凹陷的腹部與下垂雙耳可以看出，牠已精疲力竭。

只有一件新鮮事物引起眾人注意——那就是里程標；上頭的積雪落到地上，風從右方吹來，將其周圍的雪掃成一堆，隨即吹散，又將鬆散的積雪吹移到他方。

使我大為驚奇的是，我們驅馬跑了一個通宵，整整十二個小時，完全不知方向，也不曾過夜停留，卻依然抵達目的地。我們的鈴鐺似乎更加歡樂地響動。伊格納特掀開外套下襬吆喝起來，後方的馬兒鼻孔噴氣，雪橇鈴鐺響個不停，載著小老頭和愛給意見的人，但那個睡著的車夫肯定在雪原上脫隊了。

我們又跑了半俄里，發現地上留有三駕雪橇的新鮮轍印，上頭微微覆了一層薄雪，間或夾雜馬兒遺留的淡紅血跡，想必是傷了馬蹄。

「是菲力普！瞧，他比我們早到！」伊格納特說。

這時，我看見路邊雪地有一間掛著招牌的小屋子，屋頂及窗戶幾乎快被雪蓋過。這間小酒館旁邊停著一部三駕雪橇，灰馬全都垂著頭、伸開腿，鬃毛因為出汗而亂蓬蓬的。門邊放著一把鏟子，入口的雪都清乾淨了，然而呼嘯的狂風持續捲起屋頂積雪，使雪花在空中飛旋。

聽見我們的鈴鐺聲，一位身材高大的紅髮車夫手持酒杯，紅著臉走出門外，嘴裡不知叫嚷些什麼。伊格納特轉向我，希望我能允許他停留一會。此刻，我才首度看清他的樣貌。

11

從他的髮色與身材，我原本想像他有一副挺直的鼻梁，臉龐乾瘦、膚色微黑，可並非如此，這張臉圓潤、開朗，配上朝天鼻、闊嘴巴和一雙明亮且圓滾滾的淡藍色眼睛。他的臉頰與脖子紅通通的，彷彿用呢布擦拭過；眉毛、長睫毛與臉部下方的汗毛全沾滿雪，白花花一片。離驛站僅剩半里路，我們便停下來。

「可得快一點啊。」我說。

「馬上就好。」伊格納特說完，從駕駛座上跳下來，走到菲力普跟前。

「給我吧！兄弟。」他說，一邊脫下右手手套，連同鞭子一起扔在雪地上，接著仰頭，一口氣喝乾了遞給他的伏特加。

酒館老闆應該是個退伍的哥薩克士兵，手裡拿著半升酒，從屋裡走出來。

「誰要酒啊？」他問。

瓦西里身材又高又瘦，頭髮是淺褐色，留著一撮山羊鬍；愛給意見的人是個胖子，有著淡黃色頭髮，紅潤臉蛋上鑲了一圈濃密的白色鬍鬚。兩人走過去，都要了一杯酒。

小老頭也上前加入這群人，可人家沒給他酒，他只好後退，走到那些繫在雪橇後方的馬旁邊，撫摸其中一匹馬的背與臀。

小老頭的外貌正如我想像：個子瘦小、滿臉皺紋、面色發青、鬍子稀疏，還有一個尖鼻子和一口黑黑黃黃的爛牙。他戴著一頂全新的車夫帽子，可身上的短襖十分破舊，沾滿焦油，肩膀與前襟都破了，露出膝蓋與塞進巨大氈靴的粗麻內衣。他皺著眉頭，全身佝僂，臉龐與雙腿都在顫抖，在雪橇旁邊繞來繞去，顯然正想方設法讓自己暖和起來。

「如何？米特里奇，來半瓶酒吧，身體熱起來比較重要。」愛給意見的人對他說。米特里奇打了個哆嗦。他調整好馬匹的鞦帶與車軛，接著走到我跟前。

「那個，先生。」他脫下帽子，露出灰白色的頭髮，低低鞠躬說：「我們和您繞了一個通宵尋找道路，請您賞我半瓶酒吧！不然身體無法暖和，真的，先生，伯爵大人！」他誇張地說，露出諂媚微笑。

我給了他二十五戈比。酒館老闆拿來半瓶伏特加，給小老頭倒酒。他放下鞭子、脫掉手套，伸出一隻瘦小、粗糙、凍得泛青的烏黑手掌去接酒杯，可他的大拇指彷彿不屬於自己，竟不聽使喚，他抓不住杯子，酒灑光了，杯子也落在雪地上。

車夫們全都哈哈大笑。

「瞧，米特里奇凍成什麼樣子！連酒杯都握不住。」

米特里奇因為打翻了酒，十分傷心。

不過，人家又給他倒了一杯酒，並直接灌進他嘴裡。他立刻變得興高采烈，跑進小酒館，燃起煙斗，露出一口蛀爛的黃板牙，脫口的每句話都在罵人。

車夫們喝掉最後半瓶酒，便分頭走回自己的雪橇，我們再度出發。

積雪變得更加潔白耀眼，盯著雪看就會感到頭疼。橘紅色的朝霞在空中蔓延開來，越升越高，越趨明亮，甚至能透過灰藍色的烏雲，看見一輪紅日自地平線升起，天空變得益發明亮、蔚藍。驛站附近的道路坑坑窪窪，雪橇痕跡清晰可見，略微發黃；從嚴寒、凝滯的空氣中，可以感受到一股涼意和愉悅輕鬆的氛圍。

我的雪橇跑得極快。中間鈴鐺下方，轅馬的頭、頸與車軛旁邊飛揚的鬃毛，幾乎在同一個位置迅速擺動；鈴舌已非敲擊，而是刮擦鈴壁了。兩匹優良駙馬同心協力拉住結凍的彎曲套索，大力奔躍，流蘇在馬腹與鞦帶下沿不斷跳動。道路坑坑洞洞，有時，其中一匹騑馬會跑歪從馬路陷入雪堆裡，牠敏捷地脫身而出，眼睛沾著雪粒。

伊格納特不時用歡樂的男高音吆喝，滑木下方的乾冷寒冰嘎嘎作響；後方傳來兩道歡樂喜慶的響亮鈴聲，還有車夫帶著酒意的吆喝聲。我回頭張望，兩匹灰色騑馬鬃毛蓬亂，伸長了脖子，頻率一致地喘氣，戴著歪掉的馬銜[1]，在雪地上奔馳。菲力普揮動鞭子，同時調整帽子；小老頭依舊雙腳朝天，躺在雪橇中央。

過了兩分鐘，雪橇便嘎吱作響地停在驛站門前那塊掃除乾淨的木板上，伊格納特轉過頭來看著我，開朗的臉龐覆著一層雪花，散發出寒氣。

「終於把您送到了，先生！」他說。

一八五六年二月十一日

[1] 馬銜（удила），或稱口銜，是放置在馬嘴裡的條狀物，通常為金屬製，協助騎手或車夫控制馬匹。

三死[1]

魏岑芳 譯

[1] 本篇原作發表於一八五九年一月號《閱讀叢刊》雜誌。托爾斯泰在一八五八年一月十五日的日記裡提到：「我開始寫死亡，是好的開始。」數日後他便完成了這篇小說，當時作者還未決定要以貴族夫人的死還是以樹木的死為結尾。一月二十日托爾斯泰在日記中寫道：「對〈三死〉幾經思考後，決定寫『樹』，卻沒能馬上寫出來。」最後托爾斯泰在一月二十四日完成這篇作品。這篇作品的最後部分——「樹的死亡」，作者花了最多精力去描繪，卻成為讀者最不易理解的一部分。屠格涅夫在一八五九年二月十一日從彼得堡寫給托爾斯泰的信中提到：「〈三死〉在這裡很受歡迎，但是結尾很奇怪，它和前面兩個死亡的關係很多人甚至看不明白，那些看懂的人，卻都不甚滿意。」——俄文版編注

1

一個秋天裡，一條寬敞的大道上，兩輛馬車正迅速地奔馳著。前頭的四輪轎式馬車裡，坐著兩個女人：一位是身形瘦弱、臉色蒼白的貴族夫人，另一位是臉色紅潤、身材豐腴的女僕。女僕不時用那套著破手套且發紅的手，整理那從褪色小禮帽下探出的乾枯短髮；她那披著毯式方巾的豐滿胸脯，健康平穩地起伏著，黑溜溜、骨碌碌的雙眼一會兒望向窗外飛馳而過的田野，一會兒膽怯地看著貴族夫人，一會兒又不安地打量著車廂的角落。女僕面前的衣帽架上一頂夫人的帽子晃動著，她膝上躺著一隻小狗，雙腿則因地板擺了一些小箱子而被墊高，約略可以聽到地板傳來馬車彈簧的晃動聲及玻璃器皿的碰撞聲。

夫人雙手放在膝上，雙眼閉著，背倚著靠墊，身體微微地搖晃著，她輕輕皺了皺眉，悶咳了幾聲。她頭戴白色睡帽，細嫩蒼白的脖子上繫著淺藍色三角巾；睡帽下露出中分平整而油亮的淡褐色頭髮，和那道寬髮線上乾燥、無生氣的潔白頭皮。那枯黃的皮膚，鬆軟地包裹著她那細緻而美麗的臉龐，她的雙頰及顴骨都泛著紅暈。她的嘴唇乾燥且不安地顫抖著，睫毛稀疏而不捲翹，旅行呢絨長袍在凹陷的胸脯上形成了一條條的皺摺。即使夫人雙眼闔上，卻可從臉上看出她的疲倦、不耐煩，以及一種早已習以為常的痛苦。

男僕胳膊倚著扶手，在馬車前座上打著盹，驛站車夫高聲吆喝著，驅趕四匹汗流浹背的高大馬兒，時而望向後方四輪敞篷馬車上偶爾吆喝幾聲的車夫。兩條平行寬大的輪印，整齊又飛快地在泥濘地上延伸。天空灰暗而寒冷，潮溼的霧氣籠罩著田野與道路。轎式馬車裡頭很悶，還夾雜著古龍水和灰塵的氣味。病人抬起頭來，緩緩睜開雙眼，那雙美麗烏黑的大眼睛閃爍著光芒。

「又來了。」她邊說，邊神經質地用她那美麗纖瘦的手，將那稍稍碰到她腳邊的女僕外衣給推開，嘴痛苦地扭曲起來。女僕瑪特留莎收起外衣的兩隻袖子，用有力的雙腳撐起身子，往後坐了一點。她明亮的臉龐上布滿了明顯的紅暈。病人那雙美麗烏黑的眼睛，貪婪地注視著女僕的一舉一動。夫人雙手撐在座椅上，也想稍微抬起身子，坐得高一點，卻一點力氣也沒有。她噘起嘴，臉上露出束手無策卻又氣憤的諷刺表情。

「妳本該幫幫我的……唉！算了！我自己也行，只是拜託別在我背後放你那什麼墊子……如果妳不會的話，那最好別碰！」夫人閉上眼睛，然後又很快地睜開眼睛，望向女僕。瑪特留莎看著夫人，咬著鮮紅的下嘴唇。病人深深地嘆了一口氣，然而氣還沒嘆完，便開始咳嗽。她轉過身去，皺了皺眉，雙手摀著胸口。咳完後，她又閉上雙眼，繼續一動不動地坐著。轎式馬車和敞篷馬車一同駛入村莊。瑪特留莎從方巾下伸出她粗厚的手，在胸前畫了個十字。

「這是？」女主人問。

「驛站，夫人。」

「我是問妳為什麼畫十字？」

「有教堂，夫人。」

病人轉向車窗，用她那雙大眼睛注視著轎式馬車繞過的鄉村大教堂，並慢慢地畫起十字。

轎式馬車和敞篷馬車一同在驛站旁停了下來。病人的丈夫與醫生從敞篷馬車上下來，一同走向了轎式馬車。

「您現在覺得怎麼樣？」醫生一邊把脈，一邊問。

「嗯，怎麼樣，我親愛的，妳累不累？」丈夫用法語問，「妳想不想下車？」

瑪特留莎拿了袋子，縮在角落裡，深怕打擾到他們對話。

「沒關係，就和平常一樣。」病人回答：「我不下車了。」

丈夫站了一會兒，然後走進驛站。瑪特留莎跳下轎式馬車，踮著腳尖，沿著泥濘不堪的路跑進大門。

「如果因為我不舒服，你們就不吃早餐，這也說不過去吧？」病人帶著微微的笑意，對站在窗邊的醫生說。

「根本沒有人關心我。」當醫生放輕腳步離開她，並快步跑上驛站的台階時，她低聲補了這句話，「他們都好得很，反正都無所謂。噢！我的上帝啊！」

「怎麼樣，愛德華．伊凡諾維奇？」丈夫見到醫生時，帶著愉快的微笑，一邊搓手一邊說。「餐具箱我已經命人帶來了，您覺得如何？」

「可以。」醫生回答。

「那她怎麼樣？」丈夫嘆了口氣，揚起眉毛低聲問。

「我說，她別說是義大利，能撐到莫斯科就上帝保佑了，尤其是在這種天氣上路。」

「那該怎麼辦？噢，我的上帝啊！我的上帝啊！」丈夫用手摀住雙眼，「搬過來吧！」他又對搬餐具箱的人說。

「本來就該留下來的。」醫生回答，並聳了聳肩。

「那您倒是說說看，我能怎麼辦？」丈夫反駁。「畢竟我已經用盡各種辦法來挽留她了，我跟她談過財產的問題，也說過這樣做必須丟下孩子，還有我要忙的公事——她完全聽不進去。她計畫著國外的生活，好像她還是個健康的人。畢竟如果跟她說她現在的情況，那就和殺了她沒兩樣。」

「她已經沒有救了，您應該要知道，瓦西里．德米特里奇。人沒有肺就活不了，肺也不會再長出來。這很悲傷，也很沉重，但還能怎麼辦？我們現在能做的，只有讓她在臨終時盡可能舒服一些。我們需要一位聽取懺悔的神父。」

「噢，我的上帝啊！請您理解我的處境，要向她提起臨終的遺願……一切就順其自然吧！我是不會跟她說的！您也知道她多麼善良……」

「還請您試著說服她等到冬天路面較平坦以後再出發。」醫生搖搖頭說道，「不然上路後只會更糟。」

「阿克休莎！阿克休莎！」驛站長的女兒尖聲叫道，她把短上衣披在頭上，在骯髒的後門廊上跺著腳，「走，我們一起去看看施爾金來的夫人，聽說她因為肺病要被送到國外去治療！我還從沒見過肺結核病人長什麼樣子。」

阿克休莎跳到門檻上，然後兩人手牽手，跑到大門外。她們放慢腳步，經過轎式馬車，朝打開的車窗裡望了一眼。病人向她們轉過頭來，然而，在發現她們只是出於好奇而看向自己後，她眉頭一蹙，又把臉轉了過去。

「我的媽——媽咪呀！」驛站長的女兒馬上轉過頭來說道，「她原是一個非常漂亮的美女，現在變成了什麼樣？甚至可以說變得很可怕！妳看到沒？妳看到沒？阿克休莎！」

「是呀！她好瘦！」阿克休莎附和著說，「走！我們再去看看，假裝要走去水井那邊。瞧，她把臉轉過去了，但我還是看到了！真可惜，瑪莎。」

「這路也真是泥濘不堪啊！」瑪莎回答，然後兩人跑回了大門。

「看來，我變得很嚇人。」病人心想：「必須趕快、趕快到國外去，在那裡我就會很快好起來的！」

「我親愛的，妳還好嗎？」丈夫問，他走向轎式馬車，嘴裡嚼著一塊東西。

「永遠都是同樣的那個問題！」她想：「他只顧著自己吃！」

「沒什麼事！」她咬牙切齒地說。

「我親愛的，妳知道嗎？我怕妳在這種天氣上路病情會變得更糟，愛德華．伊凡諾維奇也這麼說。我們要不要回家去？」

她氣憤地不發一語。

「天氣會好轉的，也許，路況會穩定下來，妳可能會好轉；或許我們大家就可以一起出發。」

「不好意思，要是我打從一開始就不聽你的話，現在可能人已經在柏林，而且還健健康康的。」

「我的天使，那該怎麼辦？妳知道這是不可能的！現在如果妳再等一個月，妳一定會恢復得很好；而我要處理的事也可以告一段落，我們也可以帶著孩子們一起去。」

「孩子們很健康，但我不是！」

「畢竟，我親愛的，妳要明白，如果這種天氣上路，只會使妳情況更糟……如果留下，到時候至少妳還在家。」

「在家又怎樣？……死在家裡嗎？」病人暴躁地回答。但她顯然被「死」這個字所震懾，她看著丈夫，眼神之中充滿哀求和疑問。他眼眸低垂，沉默不語。突然，病人像孩子一般噘起嘴來，眼淚奪眶而出。丈夫以手帕掩面，悄悄地離開馬車。

「不，我一定要去。」病人說，她抬頭仰望天空，雙手合十，語無倫次地低聲說著什麼。「我的上帝啊！到底是為什麼？」她說，眼淚流得更加厲害了。她虔誠祈禱了許久，但她的胸口仍然又悶又痛。天空、原野和路的兩旁仍舊一片灰濛濛、陰沉沉，不濃不淡的秋靄，散落在泥濘不堪的道路、屋頂、馬車上，散落在邊為車上油、套車，邊談笑風生的車夫們所穿的皮襖上……

2

轎式馬車已經準備好了，但是車夫耽擱了。他走進驛站木屋裡。木屋裡又悶又熱，既昏暗又令人難受，散發著一股生活住所、烤麵包、甘藍菜和羊皮的氣味。幾個車夫聚在客廳裡，廚娘則在爐灶[1]旁忙東忙西，爐灶頂的羊毛毯上躺著一個病人。

「灰佑多爾[2]叔叔！灰佑多爾叔叔！」一個身穿皮襖、腰間繫著皮鞭的年輕車夫走進房間，對著病人說。

---

[1] 此為俄國傳統爐灶，除了用來烘焙和烹飪，冬天時更可以保持室內溫度，人也可以躺在爐頂平台取暖。

[2] 灰佑多爾（Хведор），應為菲佑多爾（Федор），車夫的口音與標準發音有差異。

「你幹嘛？傻蛋！你找費季卡[3]做什麼？」其中一名車夫回答。「看到沒，人家已經在等你上馬車了。」

「我想要雙靴子，我自己的壞了！」年輕人回答，並甩了甩頭髮，整理了一下腰間的手套。

「還是他睡了？喂，灰佑多爾叔叔？」他重複了一遍，走向爐灶。

「幹嘛？」一陣微弱的聲音傳來，爐灶上探出一張面色暗紅的消瘦臉龐。一隻寬大卻形如枯槁、毫無血色、布滿毛髮的手，把厚呢外衣拉到穿著骯髒襯衫、瘦骨嶙峋的肩膀上。「給我點水，兄弟！你找我做什麼？」

年輕人給了他一瓢水。

「怎麼樣，費佳。」他躊躇了一會兒，然後說：「你現在……大概……不需要新的靴子了吧；給我吧，你應該……不會再穿到了。」

病人疲憊地把頭貼近光亮的水瓢，將稀疏而下垂的鬍子浸在混濁的水裡，虛弱而貪婪地喝著。他的鬍鬚凌亂骯髒，凹陷無神的雙眼，吃力地抬起來望著年輕人。喝完水，

[3] 費季卡、費佳都是菲佑多爾的暱稱。

他想要舉起手擦乾嘴唇，卻抬不起來，只好轉頭擦在厚呢外衣的袖子上。他用鼻子靜靜地、困難地呼吸著，雙眼直視年輕人，慢慢積攢力氣。

「還是，你已經答應別人了？」年輕人說。「那就沒辦法了。主要是外頭溼漉漉的，我卻要出門去工作，所以我就想：『去拜託費季卡給我靴子好了，他也許不需要了。』還是，你還需要，你說說看……」

病人的胸口裡似乎有什麼東西要溢出來，不斷地發出咕噥聲；他彎下身子，咳得上氣不接下氣。

「他哪需要？」廚娘突然氣呼呼地喋喋不休起來，聲音傳遍了整間屋子。「他已經有兩個月沒有從爐灶上下來了，你瞧他那副模樣，痛苦得要命，你聽聽他喘氣的聲音。他哪裡還需要靴子？下葬時是不會給他穿上新靴子的。他應該活不久了，噢，主啊！請原諒我這麼說。你看他這麼痛苦。要不就把他挪走，挪到另一間屋子或哪裡都好。聽說城裡有醫院；難道就這樣任他占著整個角落，這真是夠了！這裡一點空間也沒有，大家還期待這裡要多乾淨清潔呢！」

「喂！謝留加，快上車坐好，主人在等了！」驛馬車領班大叫著說。

謝留加等不到病人的回答，正想離開，但病人咳嗽時的眼神告訴他，他會給謝留加一個答覆。

「靴子你拿去吧，謝留加！」他咳完，休息了一會兒後回答。「但聽著，我死後你要幫我買塊墓碑。」他沙啞地說。

「謝謝，叔叔，那我拿走了，墓碑啊，我一定會買的。」

「嘿！大夥兒你們聽見沒？」病人還想再說些什麼，卻又彎下腰開始咳嗽。

「好啦，都聽見了。」其中一個車夫說。「快上車，謝留加，不然領班又要跑來了。你要搞清楚，那施爾金的夫人是個病人。」

謝留加馬上脫下自己那雙殘破不堪、大得不合腳的靴子，扔在長凳底下。菲佑多爾叔叔的新靴子謝留加穿上去剛剛好，他邊看靴子，邊出門朝馬車走去。

「哇！好一雙高級的靴子呀！讓我來給你抹抹油。」當謝留加爬上車夫的座位、拉緊韁繩時，一位手拿刷子的車夫說。「免費送你的嗎？」

「怎麼，羨慕吧？」謝留加邊回答，邊稍微抬起身子，將腳邊的大衣下襬拉上來。「走！我親愛的，跑吧！」他揮了一下皮鞭，對馬兒大喊。轎式馬車、敞篷馬車載著車上的乘客、行李和置物箱[1]，沿著潮溼的路面向前奔馳，漸漸消失在灰濛濛的秋霾之中。

---

[1] 這裡指的是馬車頂部或後方可以放置行李的皮製或木製置物箱。——俄文版編注

生病的車夫仍待在滯悶木屋裡的爐灶上，他不再咳嗽，用力轉身面向另一邊後，便安靜下來。

天色暗下來之前，木屋裡一直有人來來去去，還有到這裡來吃午飯的——大家都沒有聽見病人的動靜。入夜前，廚娘爬上爐灶，跨過病人的腳，拿了皮襖。

「別生我的氣，娜斯塔西亞，」病人說道：「妳這個角落我很快就會清空了。」

「好啦，好啦，別這樣，沒關係。」娜斯塔西亞喃喃地說。「你到底哪裡痛，叔叔？說說看。」

「我裡頭非常難受。天知道是哪裡。」

「大概是咳嗽時會喉嚨痛吧？」

「全身上下都痛。一定是我的死期到了。哎呦喂呀。」病人呻吟著。

「你應該像這樣把腳蓋好。」娜斯塔西亞說，爬下爐灶時順手幫他把厚呢外衣蓋好。

半夜木屋裡點著微弱的燈光，娜斯塔西亞和十來位車夫伴隨著震耳欲聾的鼾聲，在地板上和長凳上呼呼大睡。病人發出微弱的呻吟和咳嗽聲，在爐灶上翻來覆去。接近早晨時，他便完全沒了聲息。

「我剛剛做了一個奇怪的夢！」第二天早上，廚娘在昏暗的光線裡伸著懶腰說。

「夢裡我好像看見灰佑多爾叔叔從爐灶上爬下來，劈柴去了。『娜斯佳[1]，讓我來幫妳吧。』而我對他說：『你哪能劈柴呀？』他拿起斧頭便開始劈柴，劈得非常迅速，快到木屑滿天飛。『怪了！』我說。『你不是生病嗎？』『不，我很健康。』他說。他舉起斧頭時，我突然開始感到害怕。正當我要大叫時，我就醒了。難道他死了？灰佑多爾叔叔！喂，叔叔！」

菲佑多爾沒有回應。

「難道就這樣死了？去看看！」其中一個剛睡醒的車夫說。

他那隻形如枯槁、布滿紅棕色毛髮的手從爐灶上垂下來，既冰冷又蒼白。

「快去跟驛站長說，他好像死了。」車夫說。

菲佑多爾沒有親人——他不是本地人。隔天，他被葬在小樹林後方的新墓地裡，娜斯塔西亞接連幾天不斷地向大家講述她的夢，以及她是第一個發現菲佑多爾叔叔過世的人。

---

[1]　娜斯塔西亞的暱稱。

3

春天到了，城市潮溼的街道上，結著薄冰的糞土堆間，流淌著湍急的水流。街上熙熙攘攘，交談聲和他們身上花花綠綠的衣裳，顯得分外鮮活。花園的圍欄裡，樹木發出了嫩芽，枝葉被陣陣涼風吹得搖搖晃晃，發出沙沙的聲響。四處滴落著晶瑩剔透的水珠。麻雀的吱吱喳喳聲此起彼落，牠們用那小巧的翅膀翩翩起舞。在陽光灑落的那一側的欄杆、房屋、樹林及土地上，一切都閃閃發亮，充滿生機。天空中、大地上以及每個人的心中，都充滿著愉悅和青春的氣息。

其中一條大街上的貴族宅第前，鋪上了新鮮的乾草[1]；房子裡躺著那位原先趕著到國外去的垂死女病人。

房門緊閉的房間裡，站著病人的丈夫和一位上了年紀的婦人。沙發椅上坐著一位

[1] 在俄羅斯民間習俗中認為人必須在乾草堆上嚥下最後一口氣。生重病的人在垂死之際，人們會把病人所躺的羽毛枕頭取走（因為認為雞羽毛會攔阻死亡），換成大麥秸稈等乾草；而在村莊裡，人們會將垂死之人放在乾草堆上，其目的都是為了讓垂死之人能早點解脫。

司祭神父[2]，他雙眼注視下方，手裡拿著一個用聖帶[3]包裹著的東西。角落的伏爾泰扶手椅上，躺著一位老太太——她是病人的母親——哭得非常傷心。她身旁的女僕手裡拿著一條乾淨的手帕，在一旁候著，就等老太太吩咐把手帕遞給她；另一位女僕一邊不知用什麼擦拭著老太太的鬢髮，一邊向著她戴著包髮帽、長滿銀髮的頭吹氣。

「唉，基督與您同在，我親愛的。」丈夫對著和他一起站在門邊的那位上了年紀的婦人說。「她這麼信任您，而您也是最能跟她談的人，請您說服她吧，親愛的，快去吧！」他想要為表姐開門，但她攔住了他，並用手帕擦了擦眼淚，搖了搖頭。

「好吧，現在我看起來像是沒哭過了。」她說，然後自己開了門，走進房間。

病人的丈夫非常擔心，看起來不知所措。他向老太太走去，但沒走幾步，就又折回來，穿過房間，走到神父身旁。神父看著他，挑了挑眉，嘆了一口氣，而他那濃密又斑白的鬍子也跟著上下起伏。

---

[2] 司祭（священник）為東正教的中階神職人員，負責進行聖禮的神父。後面為方便讀者理解，均譯為「神父」。東正教高階神職人員稱主教（епископ），低階為輔祭（дьякон）。

[3] 聖帶（епитрахиль）為司祭祭衣的一部分，掛於頸上，垂於胸前的「長巾」。——俄文版編注

「我的上帝啊！我的上帝啊！」丈夫說。

「怎麼辦？」神父問，嘆了口氣，眉毛和鬍子又上下起伏。

「母親大人也在這！」丈夫絕望地說。「她一定無法承受這件事。畢竟她是那麼那麼愛她，她要如何……我不知道。還是請神父您試著安撫她，說服她離開這裡。」

神父起身走向老太太。

「母親的心真的沒有人能夠衡量。」他說。「然而上帝是慈愛的。」

老太太的臉突然抽搐起來，無法抑制地哽咽著。

「上帝是慈愛的。」當她稍微平靜下來後，神父繼續說。「我告訴您，我的教區裡有一位病人，病得比瑪麗亞·德米特里耶夫娜還嚴重，然而，一位小市民短期內就用草藥把他治好了。而且現在那位小市民就在莫斯科。我已經告訴瓦西里·德米特里耶維奇，要不可以試試，至少可以讓病人得到些許慰藉。對上帝而言，萬事皆有可能。」

「不，她活不了了。」老太太說：「上帝為何要把她帶走，而不帶我走。」她哽咽得更厲害，幾乎昏厥。

病人的丈夫以手掩面，奔出房間。

走道上他遇見的第一個人，是正拚命追趕著妹妹的六歲小男孩。

「那孩子呢？要不要帶他們去見媽媽？」保姆問道。

「不，她不想見到他們。這會令她難過。」

小男孩停了一下，全神貫注地盯著父親的臉，然後突然腳一蹬，帶著愉快的叫聲繼續向前跑。

「爸爸，她跑得跟馬兒一樣快！」小男孩一邊指著妹妹，一邊大喊。

與此同時，另一個房間裡，表姐坐在病人的身旁，巧妙引導整個對話，盡可能地讓她做好面對死亡的心理準備。醫生在另一個窗邊，調製著藥水。

女病人身穿白色長衣，坐在床上，四周鋪滿了枕頭，她靜靜地看著表姐。

「唉呀，我親愛的！」她突然打斷表姐說。「不要教我做什麼心理準備了，別把我當小孩子，我是一個基督徒[1]，這些我都知道。我知道我活不了多久了，也知道若我丈夫之前聽了我的話，我就會在義大利，甚至可能現在健健康康的。所有人都這樣跟他說。但是沒辦法，看來這是上帝的意思。我們所有人都有許多罪，這點我知道；但

---

[1]　基督宗教包含東正教、基督新教、羅馬公教（天主教），因此信奉者皆可稱為廣義的基督徒。但依前後文得知，此處的基督徒是指東正教徒。

我渴望得到神的憐憫，所有人都會得到原諒，所有人都應該會得到原諒。我努力了解自己，我犯了許多罪，我親愛的，因此我也受了許多苦，我努力忍受著這些痛苦。」

「我親愛的，把神父叫來吧？領完聖餐[1]後，您會覺得好過些。」表姐說。

病人低下頭表示同意。

「上帝啊！請原諒我這個罪人。」她低聲說道。

表姐走出房間，向神父使了個眼色。

「她是天使！」她含著淚向病人的丈夫說。

丈夫大哭，神父走進門，老太太仍然沒有清醒，而房裡變得非常安靜。五分鐘後神父走出房門，摘下聖帶，整理了一下頭髮。

「榮耀歸於上帝！她現在比較平靜了。」他說：「她想要見你們。」

表姐和丈夫走了進去。病人看著聖像，靜靜地流著眼淚。

「恭喜妳，我親愛的！」丈夫說。

「謝謝！我現在好多了，我所嘗到的喜悅實在是無法言喻。」她說著，薄薄的嘴

[1] 東正教徒在領聖餐前會告解請求赦罪。

唇上露出一絲絲笑意。「上帝多麼慈悲！祂既慈悲又全能，是不是？」她用充滿淚水的眼睛注視著聖像，熱切地祈求著。

突然間，她似乎想起了什麼，便示意請丈夫走到她身邊。

「我請求你的事情，你從未為我做過。」她用微弱的聲音不滿地說道。

丈夫伸長了脖子，順從地聽著她說。

「怎麼了，我親愛的？」

「我說過很多次，那些醫生根本什麼都不知道，有一些民間女大夫也會治病……剛剛神父說……一個小市民……去把他叫來。」

「叫誰，我親愛的？」

「我的上帝啊！你根本連聽都不想聽！」病人皺起眉頭，然後閉上眼睛。

醫生走到她身邊，拉起她的手量了量，她的脈搏越來越微弱，於是他向丈夫使了個眼色。病人發現了醫生的這一舉動，便害怕地環顧四周。表姐轉過身去，哭了起來。

「別哭了！別折磨自己，也別折磨我。」病人說：「這樣會奪走我最後的安寧。」

「妳是天使！」表姐說著，便吻了她的手。

「不，要親親這裡，死了的人才會被親手。我的上帝啊！我的上帝啊！」

就在這天傍晚，這位女病人成了躺在棺材裡的屍體，被安放在宅第的大廳裡。一位誦經執事[1]坐在緊閉著門的大房間裡，以濃厚的鼻音、毫無抑揚頓挫的聲音讀著大衛的《詩篇》。明亮的燭光，從高聳的銀製燭台，落在逝者慘白的額頭和那沉甸甸的蠟黃雙手，以及雙膝和腳趾上那令人毛骨悚然地突起、硬化了的褶皺上。誦經執事有節奏地讀著經文，自己也不曉得自己在讀些什麼；經文的字句在安靜的房間裡時而詭異地響起，時而停息。遠處的房間不時傳來小孩的說話聲和腳步聲。

「你掩面，牠們便驚惶。」《詩篇》寫道，「你收回牠們的氣，牠們就死亡，歸於塵土。你發出你的靈，牠們便受造；你使地面更換為新。願耶和華的榮耀存到永遠！」[2]

逝者的面容看起來既莊嚴又安詳；她冰冷潔白的額頭和僵硬、緊閉的雙唇，一動也不動，看似全神貫注。然而，如今她是否仍聽得懂這些神聖的字句？

[1] 執事（дьячок），和輔祭一樣屬於東正教的低階神職人員，負責唱詩與朗誦。

[2] 此處托爾斯泰引用《舊約聖經．詩篇》部分章節，出自聖經俄文版《詩篇》第一〇三篇二九至三一節。中譯摘自聖經和合本《詩篇》第一〇四篇二九至三一節。聖經中文版與俄文版在篇章上有差異。——俄文版編注與譯注

4

一個月後，逝者的墳上建了一座石頭小教堂[3]，但車夫的墳上仍舊沒有墓碑，只有靠著土堆上冒出幾株鮮綠色小草，才能讓人認出埋葬於此的逝者。

「謝留加，如果你沒替灰佑多爾買塊墓碑的話，你會有罪。」驛站的廚娘說：「你之前說：『冬天買，冬天買。』現在說話不算話了？畢竟，那時你是當著我的面說的。他已經來找你求過一次了，如果你不買，他還會再來找你一次，把你掐死。」

「怎麼，我又沒說我不買。」謝留加回答。「墓碑我會買，我說過，我會買。買個值一個半銀幣的墓碑。我沒有忘，但還需要搬運過來。我哪天進城，就去買。」

「你至少也替他立個十字架吧！這是你該做的！」老車夫說。「不然真是說不過去，你現在還穿著他的靴子呢！」

[3] 小教堂（часовня），東正教小型建築，內有聖像畫，供信徒祈禱；與一般教堂區別在於，小教堂沒有祭壇。文中此處特指東正教墓園裡設計成小教堂形式的墓碑建築，這種外觀小則類似涼亭，大則帶有門窗的封閉建築。

「十字架要上哪拿啊？又不能用木頭做？」

「你到底在說什麼？不能拿木頭來做？你只要拿著斧頭，起得比平常早一點，到樹林裡去，就會做出來的。楞樹也好，什麼樹都好，去砍就對了。這樣就有個木頭墓碑[1]了。你難道想拿伏特加去灌醉巡查員？那種敗類，你怎麼灌他酒都灌不醉。我前幾天把套馬車用的桿子[2]給弄壞了，砍了根新的、更好的，也沒人說什麼。」

一大清早，曙光初現之時，謝留加扛著斧頭走進了樹林。

一切都被寒冷、霧濛濛、陽光還未照射到的露水所籠罩。東方悄悄發白，微弱的光芒映射在覆蓋著薄雲的天空上。地上的小草和樹上的枝葉都悄然無聲，一動也不動。只有密林中偶爾傳來翅膀的拍動聲和地面的沙沙聲，打破了樹林中的寂靜。突然，一陣奇怪而不自然的聲音傳遍整座樹林，然後在樹林邊消散。然而，這個聲音又再次響起，在其中一株靜止不動的樹幹下方，規律地重複著。有一棵樹的樹梢不尋常地顫抖了起來，它布滿水珠的樹葉簌簌作響。一隻停在它樹枝上的知更鳥，啾啾叫了幾聲，

---

[1] 此為斯拉夫傳統墓碑，通常帶有雕刻和屋頂設計。——俄文版編注

[2] 此為抬起和潤滑馬車的桿子，也是木製的馬具配件。——俄文版編注

來回飛舞了兩次，動了動尾巴，停到了另一棵樹上。

樹下斧頭的響聲越來越低沉，溼濡的白色木屑飛落在沾滿露水的草地上，樹木因受重擊而發出微弱的斷裂聲。這棵樹顫抖著整個身軀，稍微彎了一下便又很快地直起身來，害怕地在樹根上搖搖晃晃。突然，一切都安靜下來，樹木又彎了一下，樹幹中傳來喀嚓一聲，在折斷了數根枝葉後，樹木應聲倒下，一頭栽在溼漉漉的地面上。斧頭聲和腳步聲停了下來。知更鳥叫了一聲後，振翅飛起，受牠翅膀拍打的樹枝搖晃了一陣後，便像其他枝葉一樣完全停息了。其他的樹木在剛騰出的空地上，更加喜悅地默默炫耀自己身上一動不動的枝條。

第一道陽光穿過雲層，在空中一閃，劃過大地和天空。霧氣一陣陣地往山谷擴散，露水在草地上閃閃發光，稀疏的白雲在蔚藍的穹蒼中匆匆地往四方散去。鳥兒們好似迷了路，在茂密的樹林裡跳上跳下，快樂地呢喃著；沾滿水珠的葉子愉快又安詳地在樹梢窸窣著，那些生氣蓬勃的樹枝，在那棵死亡而低垂的樹木上方，緩慢而莊重地擺動著。

瓦罐子阿柳沙[1]

魏岑芳 譯

[1] 本篇原作發表於一九一一年，收錄於莫斯科出版的《托爾斯泰逝世後文學作品》第一冊。此作托爾斯泰寫於一九〇五年二月底，他曾在日記中表示寫得不好。瓦罐子在俄語中亦有「傻裡傻氣的人」之意。瓦罐子阿柳沙的形象源自一位現實生活中的人物。托爾斯泰的小姨子庫茲明斯卡雅曾提過：「瓦罐子阿柳沙幾乎是個白痴，他曾是廚師的助手和打掃院子的人。他不知怎地被美化，連我讀了他的故事，都認不出這是我們那位傻裡傻氣、其貌不揚的瓦罐子阿柳沙。但我依稀記得，他是一位安靜、對人無害且會順從地完成所有交辦事項的人。」——俄文版編注與譯注

小阿柳沙是兄弟之中最年幼的。大家給他起了「瓦罐子」這個綽號，是因為有一次母親派他將盛有牛奶的瓦罐拿去給輔祭[1]的太太，他絆了一跤，就把瓦罐給打破了，母親因此打了他一頓，孩子們自此之後就戲稱他「瓦罐子」，這就是「瓦罐子阿柳沙」這個外號的由來。

小阿柳沙身形瘦小，長著一對招風耳（耳朵像翅膀一樣伸出來）和一個大鼻子，孩子們取笑他：「小阿柳沙的鼻子翹翹的，就像小山坡上站隻公狗。」村裡有一所小學，但阿柳沙並沒有學會認字，也沒空唸書。哥哥住在城中的商人家裡，所以小阿柳沙從小就開始幫父親的忙。他六歲的時候就跟姊姊去放羊牧牛，稍微長大了一點，就去日夜輪班看守馬兒；十二歲就開始耕田、用車搬運東西，雖然力氣不夠，卻很靈巧。他總是笑口常開，孩子們經常取笑他，但他不是沉默不語，就是一笑置之。父親責備他時，他總是安靜地聆聽。父親一責備完，他便微微一笑，繼續他眼前的工作。

阿柳沙十九歲時，哥哥去軍中服役。父親讓阿柳沙代替哥哥去商人家看管院子。

---

[1]　輔祭，東正教的低階神職人員，協助聖禮之進行，但是不得主持聖禮。東正教神職人員除了主教以外，是可以選擇結婚或出家獨身的。

阿柳沙得到了哥哥的舊靴子、父親的帽子和一件外衣後，就被領進城去了。阿柳沙對自己的服裝滿意極了，商人卻對他的穿著打扮不怎麼滿意。

「我以為你會帶個成人來代替謝苗。」商人看著阿柳沙說：「你卻給我帶來個乳臭未乾的小子。他能幹嘛？」

「他啥都能幹：備馬駕車去哪都行，工作辛勤。他只是看上去像根竹竿，其實他結實得很。」

「哼，大概吧，我瞧瞧。」

「最厲害的是，他從不頂嘴，幹活賣力！」

「該拿你怎麼辦才好？留下吧！」

於是，阿柳沙就在商人家住下了。

商人的家庭成員並不多，除了女主人和老母親，大兒子已結了婚，受過基礎教育，和父親一同工作，另一個兒子書讀得比較多，中學畢業後考上大學，卻被學校開除，此後就一直住在家裡，還有一個女兒在讀中學。

一開始，小阿柳沙並不討人喜歡——他粗裡粗氣的，穿著不得體，也沒什麼規矩，對所有人都以「你」來稱呼[1]，然而，大家很快便習慣了。他做得比哥哥還好。他的確很聽話，商人家裡大小事情都交給他去辦，每件工作他都欣然接受，且辦事速度很快，一件事情處理完，馬上又接著處理另一件，毫不停歇。在商人家和在自己家裡一樣，所有工作都落到阿柳沙身上。他做的越多，落到他頭上的事情也越多。女主人、主人的母親、大小姐、少爺們，還有管家和廚娘，一會兒差他去那裡，一會兒叫他來這裡；一下這個，一下那個的。不是聽到：「老兄，快去！」就是聽到：「阿柳沙，這件事你去辦一下。」「你怎麼這樣，小阿柳沙，你忘了嗎？」「注意，阿柳沙，可別忘了！」阿柳沙東奔西走，辦這個，看那個，從不遺漏，所有事情都及時完成，臉上始終掛著微笑。

哥哥的靴子很快就被他穿壞了，主人還因他穿了有毛邊且裸露腳趾的靴子，把他大罵一頓，並吩咐他到市集上買雙新靴子。全新的靴子讓阿柳沙很高興，但他的腳依舊是原來的腳，每到傍晚就會因為東奔西走而痠痛，這又令他很惱火。阿柳沙就怕父親來找他拿錢時，會因為商人把買靴子的錢從他薪餉裡扣掉而生氣。

[1] 舊時對主人應稱「您」。

冬天天未亮，阿柳沙就起床劈木柴，掃庭院，給牛馬餵飼料和水。然後他就去給爐灶生火，為主人們清理靴子和衣物，生起茶炊[1]並仔細擦拭。接下來，要不就是管家叫他去搬貨，要不就是廚娘吩咐他幫忙和麵、洗鍋。然後有人會派他到城裡去，或者送信，或者去中學接大小姐回家，又或者為老太太買點燈用的橄欖果渣油。一會兒這個人，一會兒那個人，對他說：「你這該死的，上哪去了？」「你們幹嘛自己親自去呢？阿柳沙可以去一趟呀！小阿柳沙！喂！小阿柳沙！」阿柳沙就趕緊奔跑上前。

他早餐通常在路上吃，而午餐很少趕得上和大家一同進餐。廚娘常常責備他為何不和大家一起吃飯，但還是可憐他，總是為他留了熱呼呼的午飯和晚飯。節慶前夕和節慶那幾天，工作更是多得不得了。節慶讓阿柳沙很高興，因為在節慶時，別人會給他小費，即便給得不多，收集起來也有六十戈比，起碼這些是他自己的錢，他可以愛怎麼花就怎麼花。他自己的薪餉他一毛也見不到。父親一來，就到商人那裡把它領走了，只責備阿柳沙怎麼這麼快就把靴子給穿壞了。

當他所收到的小費累積到兩盧布時，他聽從了廚娘的建議，為自己買一件紅色的

---

[1] 俄羅斯用來燒水的金屬容器，相當於現代的熱水壺。

編織短上衣。當他穿上時，總無法掩飾那掛在嘴角的得意之情。

阿柳沙沉默寡言，開口時總是結結巴巴，不然就很簡短。若有人吩咐他做事，或者問他是否能辦某件事時，他總是毫不猶豫地說：「都可以辦。」然後就立即著手進行並將其完成。

阿柳沙沒能記得什麼禱告詞，母親教過他的他全忘了。但是他每天早晚仍雙手合十，在胸前畫十字祈禱。

阿柳沙就這樣生活了一年半，然而，就在第二年下半，發生了他這輩子最奇妙的一件事。就是他驚訝地發現，原來人與人之間除了因需求而產生的關係之外，還有一種特別的關係：不是因為需要有人擦靴子，或幫忙拿買回來的東西，又或是備馬，而是一個人不為任何理由地，就這樣被另一個人需要：讓人想服侍他、呵護他，而他——阿柳沙，就是那個被需要的人。這種微妙的關係，他是從廚娘烏斯季妮雅身上得知的。烏斯丘莎[2]是個孤兒，她年紀輕輕，和阿柳沙一樣工作勤快。她開始憐惜阿柳沙，而阿柳沙第一次感受到，他自己——不是他所提供的勞務，而是他本身為人所需。

[2] 烏斯丘莎（Устюша）為烏斯季妮雅（Устинья）之暱稱。

母親對他的憐愛並沒有讓他注意到這樣的關係，他曾覺得這天經地義，因為他也會憐惜自己。然而在這裡他突然發現，與他非親非故的烏斯季妮雅竟對他心生憐愛，為他在陶罐裡留了加了奶油的粥；他吃飯的時候，她用她捲起袖子的手托著下巴注視著他。而他看了她一眼，她便笑了起來，他也笑了起來。

這對他而言是一件新鮮又奇怪的事，一開始讓阿柳沙很吃驚。他覺得這件事妨礙到他，使他不能再像以前一樣好好地工作。但他還是很高興，而且當他看著那件烏斯季妮雅幫他補過的褲子時，他總會微笑地搖搖頭。他常常在工作或走路的時候想到烏斯季妮雅，然後說：「好個烏斯季妮雅！」烏斯季妮雅盡其所能地幫助他，而他也是如此。她向他說了自己的身世：她是怎樣淪為孤兒，姑姑怎樣收養了她，如何被送到城裡，商人的兒子又如何慫恿她幹糊塗事，她又如何制止了他。她很喜歡說話，而阿柳沙也很愛聽她說。他聽說城裡的男工會娶廚娘為妻。有一次，烏斯季妮雅問阿柳沙是不是很快就要被父母婚配了。他說他不清楚，但他不樂意娶個村裡的姑娘為妻。

「好吧，你看上誰了？」她說。

「我倒是想娶妳，妳願意嫁給我嗎？」

「瞧你這瓦罐子呀！瓦罐子！你怎麼敢趁機說這種話呢？」她用手巾打了一下他

的背說：「有什麼好不嫁的？」

謝肉節[1]時，老人到城裡來收錢。女主人得知阿列克謝[2]有意娶烏斯季妮雅為妻後，不怎麼高興。「她會懷孕的，她生個小孩還得了。」於是她把這事告訴丈夫。

主人把工錢拿給阿列克謝的父親。

「如何？我那孩子過得還行吧？」老人說：「我說過，他很聽話。」

「聽話歸聽話，但他卻有了愚蠢的想法。他打算娶廚娘為妻，成了親的我是不會留的。這對我們來說不合適。」

「這個傻子，真是個傻子，這是什麼想法呀！」阿柳沙的父親說。「你別擔心，我去叫他打消這個念頭。」

父親走到廚房，在桌邊坐了下來，等著兒子出現。阿柳沙忙東忙西，最後上氣不接下氣地回到了廚房。

---

[1] 又稱「送冬節」，俄羅斯傳統節日，時間為東正教復活節前的第八週。

[2] 阿列克謝是阿柳沙的正式名字。這篇小說稱主角時幾乎皆用暱稱阿柳沙，僅在此段與下段二處用正式名字，頗有一番寓意。——編注

「我以為你腦子清醒，結果你起了什麼心思？」父親說。

「我啥也沒想呀！」

「怎麼會啥也沒想！你想成親。成親這件事，時間到了，我自然會幫你安排，安排個合適的，而不是娶個城裡的放蕩女人。」

父親說了很多，阿柳沙站在一旁唉聲嘆氣。父親說完，阿柳沙便露出微笑。

「好吧，這件事可以放棄。」

「這才對嘛！」

父親離開後，只剩阿柳沙一人和烏斯季妮雅在廚房，他便告訴她事情的經過（父子二人談話時，她站在門後聽到了一切）。

「我們的事有點不太妙，沒成。妳聽到了嗎？他生氣了，他不許。」

她把頭埋在圍裙裡默默地哭了起來。

阿柳沙咂了咂舌頭。

「能不聽嗎？看來，得放棄了。」

夜晚女主人叫他去關窗時，對他說：

「怎麼，你已經聽從父親的話，放棄那愚蠢的想法了嗎？」

「是的，已經放棄了。」阿柳沙說，給了一個微笑之後，馬上哭了起來。

自此之後，阿柳沙不再和烏斯季妮雅談有關成親的事，像從前一樣生活著。有次管家差他去清理屋頂上的積雪，他爬上屋頂清理完所有的積雪，正要剝動溝槽邊上那凍住的雪，他雙腳一滑，整個人連著鏟子一起掉了下來。不幸的是，他並不是摔在雪堆裡，而是摔在出口的鐵棚上。烏斯季妮雅跑到他面前，大小姐也跑了過來。

「摔傷了嗎，阿柳沙？」

「得了，摔傷？沒事。」

他想起身，卻怎麼也起不來，所以只是露出了微笑。他被抬到住處，醫生助理來為他做了檢查，問他哪裡疼。

「全身上下都疼，但沒關係。就怕主人會怪罪，必須要通知父親這個消息。」

阿柳沙躺了兩天，第三天大家就把神父給請來。

「不，難道你要死了嗎？」烏斯季妮雅問。

「還能怎麼辦？難道我們還能一直活著不成？終究得死。」阿柳沙一如往常快速地說道。「烏斯丘莎，謝謝你憐惜我。不許我們成親倒好，不然也不會有好結果。現在這樣很好。」

　他跟著神父雙手合十，在心中默禱。他心想，在這裡只要聽話、不得罪人就可以了，那麼到了那邊一定也一樣。

　他話很少，開口只有討水喝，一臉詫異之情。詫異之餘，兩腿一蹬，便死了。

瘋人日記[1]

魏岑芳 譯

[1] 本篇原作發表於一九一二年切爾特科夫主編的《列夫·托爾斯泰文學遺作》。此作反映了托爾斯泰的個人經歷，他於一八六九年九月前往奔薩省購買土地的途中，在阿爾札馬斯逗留時留下了一段「阿爾札馬斯的恐懼」體驗，對此他曾寫道：「……我累極了，想睡覺，也沒有什麼病痛。但突然襲來一股鬱悶、恐懼和驚恐，這是我從未經歷過的。」——俄文版編注

一八八三年十月二十日。今天我被帶到省政府進行精神鑑定，人們意見不一，經過一番爭論以後，他們得出一個結論：我沒有發瘋。然而，他們會做出這樣的決定，是因為在鑑定過程當中，我極盡所能地忍住不說出自己的想法；我不說，是因為我害怕被送到瘋人院，我怕我到了那裡，就無法完成我的「瘋」功偉業了。他們診斷出我情緒波動大，及其他一些症狀，但是精神完全正常；即使他們作出這樣的結論，我仍深知：我確實瘋了。醫生為我開了處方箋，並向我保證，只要嚴格按他的處方服藥，我就會好起來——所有使我不得安寧的事都會煙消雲散，噢，我巴不得它們全都消失，因為實在是太折磨人了！關於這次的精神鑑定是怎麼來的，又是因何而起，我是怎麼瘋的，還有我的瘋癲症是怎樣顯露出來的，就讓我娓娓道來。

三十五歲以前，我和大家一樣，沒有什麼引人注目之處，只有童年時期——大約是十歲以前——有過與現在類似的狀況，但也只有偶爾發作，並非像現在如此——發作已成為一種常態。童年時期的瘋癲症狀跟現在有點不太一樣，是這樣的：

我記得五、六歲時，有次準備上床睡覺，那位高高瘦瘦、鬆垮下巴上長著鬍鬚、身穿棕色洋裝、頭戴睡帽的保姆葉弗普拉克西雅幫我脫去外衣，把我抱到床上。

「我自己來，我自己來。」我邊說邊越過床的圍欄。

「喂，躺下，快躺下，費佳！」「看！米佳[1]這乖孩子已經躺下了！」她邊說邊用頭指向哥哥的方向。

我拉著保姆的手跳上床，隨後，我鬆開手，用腳順了順被子，把自己包裹好。我當時是多麼快活呀！我靜下來，心想：「我愛保姆，保姆愛著我和米堅卡，我也愛米佳，而米佳也愛著我和保姆。保姆愛塔拉斯，我也愛塔拉斯，米佳同樣愛著塔拉斯。塔拉斯愛著我和保姆，媽媽愛著我和保姆，而保姆也愛媽媽和我，還有爸爸。大家彼此相愛，其樂融融。」

突然間，我聽到女管家氣急敗壞地跑進來，詢問糖罐放在哪裡，保姆回說她沒拿。我感到既難過又害怕，甚至有些莫名其妙，恐懼——一股冰冷的恐懼——猛然襲上心頭，於是我把頭埋入被單底下，然而，躲在被單底下的黑暗中並沒有減輕我的痛苦。我想起有次一個小男孩在我面前挨揍，想起他的哀嚎聲，還有福卡打他時那猙獰的嘴臉，我都記得一清二楚。

「下次還敢不敢？下次還敢不敢呀？」他邊說邊打。小男孩說：「下次不敢了。」

---

[1] 「米佳」與下段出現的「米堅卡」皆為俄語名字「米哈伊爾」（Михаил）的小名、暱稱。

「還敢不敢啊？」他仍舊邊說邊打他。這就是我第一次發瘋：我開始嚎啕大哭，沒有人能使我平靜下來，這次的痛哭流涕和絕望感，也就是現今瘋癲症的第一次發作。

我記得另一次發作，是在阿姨說有關基督的故事時。當時她故事講完想要離開，我們卻嚷嚷著：

「再說一些耶穌基督的故事嘛！」

「不行，現在沒空。」

「喔不，再說一點嘛！」米堅卡也請求阿姨，她只好把對我們講過的故事再說一遍。阿姨告訴我們，基督被人們釘在十字架上，被鞭打、折磨，但他仍然一直禱告，不責怪他們。

「阿姨，為什麼他們要這樣折磨他？」

「因為人們很壞呀。」

「但他是好人呀。」

「好了，已經過八點了，聽到沒？」

「他們為什麼要打他？他已經原諒他們了，他們為何還要打他？一定很痛！阿姨，他很痛，對不對？」

「好了，我要去喝茶了。」

「還是，這不是事實，他其實沒有被打？」

「好了。」

「不，不，不要走！」

我又一次發作，嚎啕大哭，一直哭，最後竟猛地用頭撞起牆來。這就是我童年時期發作的情況。

十四歲以後，我體內的性慾被喚醒，我便沉迷其中，也不再發作。我與其他男孩子無異，我們餐餐大魚大肉、嬌生慣養、不事勞動，處處受情慾誘惑。在和我同樣被寵壞的孩子們之中，同齡的男孩教會我恣情縱欲的惡習，我便沉溺其中，然而，舊的惡習很快地又被其他新的惡習所取代。我開始對女人有所了解，一次又一次在她們身上尋找快樂、享受歡愉，一直到三十五歲。我身體健康，完全沒有一絲瘋癲的跡象，但現在我對這二十年健康的生活幾乎沒有任何印象，我難以想起，也厭惡想起這段時光。

我和周圍那些智力健全的男孩們一樣，也進了中學，然後上了大學。我在大學修讀了法律系的課程。當兵服役了一段時間後，遇見了我現在的妻子，結了婚，在村莊裡定居下來，正如常言道：「養兒育女，當家立紀」，做了一位調解法官。然而，就在我結婚第十年，我的瘋癲症在童年之後首次發作了。

我和妻子透過她所繼承的財產加上我手上的贖金[1]憑證積攢了一些錢，決定買一塊土地。我忙於鑽研如何增加我們的財富，渴望以最精明、比所有人都好的方式來累積財富：我四處打聽哪裡有土地要出售，看遍了報紙上所有公告，想買一塊土地本身收益或其樹林價值高於其售價的地，這樣一來，我就等於白白得了這塊地。我處處尋找不懂個中精髓的傻子，有一回，還真被我找到了這樣的人：奔薩省[2]有塊附帶一大片樹林的土地要出售，我多方打聽，結果發現，賣方還真是這樣的傻蛋，樹林價值剛好可以回收購地的本錢。於是，我決定親自去一趟，我們先是搭火車（我帶了個僕人同行），然後乘驛站馬車繼續前行。這對我而言是趟非常愉快的旅程，僕人是位心地善良的年輕人，和我一樣心情愉快，沿途我們經過許多從未到過的地方，碰到許多新面孔；我

[1] 一八六一年沙皇亞歷山大二世解放農奴，並重新分配土地所有權，但實際上農民需向政府貸款，交付贖金來償還地主，才能取得份地所有權。

[2] 奔薩（Penza）是俄羅斯帝國時期位於歐俄中南部的一個省。

們一同趕路，一同尋歡作樂。當距離目的地僅剩兩百多俄里時，我們決定繼續趕路，中途僅更換馬匹而不停留。夜幕降臨，我們仍然繼續前行，大家都打起了瞌睡，我也打了個盹兒，然後又突然醒過來，無緣無故地害怕起來，就如一般經常發生的那種情況，我醒來後驚慌失措、睡意全無，就好像再也無法入睡一般。我腦中突然浮現了這樣的疑問：「我為何要坐車？我要去哪裡？」並不是因為我不想買這塊便宜的土地了，而是腦海中突然浮現了這樣的想法：我幹嘛大老遠跑到這個地方來，我就要客死他鄉了，想到此處，我便驚恐萬分。僕人謝爾蓋醒了過來，我便藉機找他說話。我跟他聊起這片邊境地區，他也有說有笑地回應著我，我卻感到無聊。我們聊起家務事，還聊到接下來要怎麼樣買地，然而我卻驚訝地發現，他竟然能夠心情愉快地回應我；一切對他而言既美好又愉快，而我卻感到厭惡，然而同他說話確實讓我感到舒服許多。除了無聊、驚恐以外，我接著又感到一陣疲勞，想要停車歇息一會兒。我認為，只要進了屋、見到人、喝點茶就會好些，最重要的是，會比較容易入睡。我們即將抵達阿爾札馬斯[1]城。

[1] 阿爾札馬斯（Arzamas），位於現今下諾夫哥羅德州的一個城市。

「怎麼，我們要不要在這裡等一等，歇會兒？」

「當然，再好不過了！」

「離城市還很遠嗎？」

「大約七俄里。」

車夫是一位循規蹈矩、仔細認真、沉默寡言之人，他駕起車來速度不快，卻令人感到枯燥無味。我們繼續趕路，我不再說話，感覺好多了，期待著很快便可歇歇腳，想著這不舒服的感覺到那裡應該就沒了，我便好過了些。我們繼續在夜色中行駛著，剩下的這段路令我覺得非常漫長。我們進城時，人們都已入睡，黑暗中出現一幢幢小房子，鈴鐺和馬蹄聲在經過那些房子時尤為明顯，緊接著一幢幢白色的大房子出現在眼前，一切都令我感到不快。我期待著到達驛站、喝口熱茶、躺下好好休息一番。我們繼續行駛，終於來到了一棟設有里程柱的小房屋前。這棟房子是白色的，在我看來異常淒涼，甚至非常陰森。我悄悄地從馬車下來，謝爾蓋迅速敏捷地把所有需要的東西都拿下來，乒乒乓乓地在屋前台階跑上跑下，他的腳步聲令我感到厭煩。走進房子後有一段不長的走廊，一位睡眼惺忪、臉上有塊斑的人帶我去看房間，他臉上的斑使我害怕。房間陰森森的，進房後我的恐懼又加深了幾分。

「有沒有可以休息的房間？」

「有一間客房，就這間。」

那是一間牆面白淨、格局方正的房間，我記得，令我感到陰森恐怖的主要原因，正是因為那房間方方正正的。房間裡只有一扇窗，窗簾是紅色的，裡面還有一張卡累利阿樺木[1]桌，和一張有著弧形扶手的沙發。我們走進房間，謝爾蓋便熱了茶炊，沏了茶，而我拿了個枕頭就往沙發上躺。我並沒有睡著，聽到謝爾蓋在喝茶並呼喚我，但我不敢起來，怕因此睡意全無，也怕待在這個令我毛骨悚然的房間。我沒有起來，不一會兒便打起了瞌睡，而我確實打了個盹兒，因為當我醒來時，房間空無一人、一片漆黑，我又像那次在馬車上驚醒那般再也睡不著了。我為何要到這裡來？我又要到哪裡去？我在躲避什麼、要躲去哪裡？我好似在躲避一個可怕的東西，卻怎樣也逃不掉，一直以來就只有我一個人，是我折磨著自己。我就一個人在這裡。不論是奔薩省的土地，或是任何一塊土地，都不能帶給我或從我身上奪去什麼，但是我、我卻在這裡自我厭倦，將自己陷在痛苦之中。我想盡快入睡來擺脫這不快的想法，但不管怎麼樣也

[1] 卡累利阿樺木以美麗和堅固耐用聞名，常被用於製作各種藝術品和家居用品。

睡不著，因為我無法擺脫我自己。我走到走廊上，謝爾蓋睡在一張很窄的長凳上，一隻手垂了下來，睡得香甜，那臉上長斑的看守人也睡著了。我走到走廊上是想逃離那折磨自己的想法，它卻跟著我，使一切蒙上了一層陰影，我又更加恐懼了。「真是愚蠢至極！」我對自己說：「我到底在煩惱什麼？到底在害怕什麼？」「怕我，」死亡無聲地回答了我：「我在這裡。」一股寒意向我襲來，令我毛骨悚然。對，是死亡，它終將到來，就是它，它不該來啊。如果真的是死亡臨到，我本該感到害怕；但我並不害怕，而是注視著、感受著死亡步步逼近，同時又覺得它不應該發生。我整個人突然感受到對生存的渴望，也意識到死亡的必然，這種內心的矛盾真是煎熬。我嘗試擺脫這種恐懼，找了個銅製燭台，點燃上方未燃盡的蠟燭，燭台上所剩無幾的殘餘蠟燭及其紅色火光，這一切都述說著同一件事：生命中什麼都沒了，只剩下死亡，但死亡不該存在。我嘗試想著那些先前占據我心思的事情，想著土地買賣，想著妻子——結果不僅毫無樂趣，而且這全都變得毫無意義。對於生命即將逝去的恐懼把一切都遮蔽了。該睡了，我躺著，但才剛躺下，就因恐懼而猛然坐起，緊接著是煎熬，一陣煎熬，一股心靈的煎熬油然而生——如同嘔吐之前的那種難受的感覺，只是這感覺是心靈層面的。這真令人毛骨悚然，惴惴不安，死亡令人恐懼，但當你想起生命，那正在消逝的生命更令人細思極恐，生命和死亡的界線似乎已模糊不清。我的心靈正被什麼東西撕扯著，卻無法被完全撕裂開。我再次經過沉睡的人們身邊，看了看他們，再次想要入睡，但又看見那可怕的紅色燭光、白色牆壁、方正房間。有什麼正在被撕碎著，卻還未碎成片。我的內心極其冷漠憤怒，感受不到一絲善意，剩下的是毫無波瀾的憤恨，我恨我自己，也恨讓我成為如今這般的一切。是什麼讓我變成這樣的？神，人們說有神，禱告，我忽然想起我能向神禱告，我已經很久——二十幾年——沒有禱告了，儘管我每年為了體面照樣齋戒祈禱，但我其實什麼都不信。我開始祈禱，主，我們的父，聖母，憐憫憐憫我吧！我開始發想我的禱告詞，一邊畫十字、俯伏下拜，一邊環顧四周，深怕被別人看見，但這種害怕被發現的恐懼卻又令我無法專心禱告。我只好躺下，但我一躺下、閉上眼睛，恐懼就立刻襲來，使我不安。我再也無法忍受這樣的感覺，於是我叫醒了看守人和謝爾蓋，吩咐謝爾蓋套馬車，我們隨即上路。行駛在戶外的新鮮空氣中，讓我感覺好些了。然而，有某個新的想法在我心中落了下來，讓我對過往的人生感到不安。

我們將近午夜抵達目的地，整天憂心忡忡的我，終於壓制了內心的憂慮；然而我心中已留下了陰影——彷彿我發生了什麼不幸，而我只能暫時忘卻，但它已在心靈深處掌控了我。

我們晚上到了之後，管理地產的老人雖不怎麼高興（土地出售讓他感到惱火），但也禮貌地接待了我。乾淨的房間、柔軟的家具、閃閃發光的新茶炊、一整組的茶具、用來配茶的蜂蜜，一切看起來都很美好。但我心不在焉地向他提了些有關土地的問題，就像對待一篇被遺忘的老課文一般，氣氛並不融洽，不過這天夜裡我卻無牽無掛地睡著了，我認為是因為我又開始睡前禱告了。接下來，我又繼續過著和從前一樣的生活，只是對死亡的恐懼和擔憂從此以後就一直籠罩著我。我不該停下來，應該照著以前習慣的方式繼續生活下去，我就該像能不假思索地背誦出課文的學生那樣繼續生活下去，如此，就不會像在阿爾札馬斯城那次一樣，再次陷入恐懼之中。

回家路上一切平安順利，土地我沒有買下來，因為錢不夠，我又開始像以前那樣過生活；唯一的改變就是，我開始禱告，上教堂。一切對我而言好像都和從前一樣，但我現在回想起來，其實當時就已經和從前不同了。我繼續忙著先前未忙完的事情，以既有的氣力、按既定的軌跡繼續生活著，只是沒有再著手做新的事。後來就連那些忙到一半的事情，我也越來越少參與，一切對我而言均索然無味。我自此變成一位信神的人，妻子注意到以後還因此責備我，嘮叨個不停。回到家後那樣的憂慮便沒有了。

某次我突然去了莫斯科一趟，處理有關訴訟程序的事，白天收拾行李，夜晚就立刻出發。我剛抵達莫斯科時，心情還很愉快，一路上還跟哈爾科夫的地主聊著家務，聊銀行，聊著要住哪間旅館，還聊了戲劇。我們決定一同入住位於米亞斯尼茨卡亞街上的莫斯科會館，然後就出發去看《浮士德》。到了會館，我走進小客房，走廊上濃郁的氣味撲鼻而來，門僮拿了行李箱，會館女服務生點了蠟燭，蠟燭被點燃後，火光一如既往比剛點燃時稍稍減弱了一些。隔壁房間傳來一陣咳嗽聲，可能是住了位老人。服務生走出房間，門僮站在一旁，詢問是否需要幫我把行李打開。燭火逐漸旺盛起來，照亮了深藍色帶黃色條紋的壁紙、屏風、褪色的桌子、沙發、鏡子、窗戶和整個狹小的房間。突然間，阿爾札馬斯的恐懼感又在我心中油然而生。「我的天啊！我要如何在這裡過夜？」我心想。

「打開吧，親愛的！」為了把門僮留下，我便這樣對他說。「我要趕緊更衣，直奔劇院。」

門僮幫我打開行李。

「親愛的，請到八號房去找跟我一起來的那位老爺，跟他說我已經準備好了，馬上過去找他。」

門僮走出房門，我便立刻開始更衣，連牆壁都不敢張望一眼。「這真是荒謬！」我想：「我到底在害怕什麼？像個小孩一樣。鬼魂什麼的我可不怕，說到鬼魂……怕鬼總比怕我所懼怕的那個東西好。是在怕什麼呢？沒有什麼好怕的……怕自己……真是荒謬！」我穿上了堅硬冰冷的襯衫，扣上釦子，穿上常禮服和新的皮鞋，就去找哈爾科夫的地主了。他也準備好了，我們一同去看《浮士德》。他還順道去燙了個頭髮，我去法國人那裡剪了頭髮，還跟他聊了聊，買了雙手套，一切都很順利。我完全忘記那狹長的房間和屏風。劇院裡氣氛也很愉快，看完《浮士德》後，哈爾科夫的地主提出要順道去吃個晚餐，這有違我的個人習慣，但當我一想到那面屏風，就立刻答應了他。

我們一點多才回到會館，我破例喝了兩杯紅酒，心情愉快，然而當我們剛走進燈光昏暗的走廊時，旅館的氣味再度圍繞我，恐懼使我背脊發涼，我卻一點辦法也沒有，我跟朋友握別過後就走進房間。

我度過了一個很糟糕的夜晚，甚至比阿爾札馬斯城的那晚還要糟糕，當早上門外傳來老人的咳嗽聲時我才睡著，並且不是睡在我整夜翻來覆去的床上，而是睡在沙發上。我苦不堪言，靈魂和身體彷彿又再次被撕裂開來。「我活著，活過了，我應當活著，但死亡突然來到，毀滅了一切。活著是為了什麼？等死嗎？立刻去自盡？我沒膽。繼續等待死亡到來？恐怕更糟糕。繼續活著？是為了什麼？為了等死嗎？」我無法跳脫這樣的思緒。我拿了一本書來閱讀，抽離片刻後，又被同樣的問題和恐懼所纏繞。我躺在床上，閉上雙眼，但情況更糟。神這麼做的目的是什麼？人們說，別問了，只管祈禱吧！好，我就祈禱，現在就像在阿爾札馬斯城時一樣地祈禱；自從那次之後，我的禱告就如孩童一般，而我的祈禱終於有了意義。「如果你存在，請向我啟示：我究竟是什麼，為何存在？」我俯伏跪拜，將所有我知道的祈禱文都唸出來，甚至自創禱詞，還加上：「請向我啟示吧！」我靜下來等待答案，卻沒有等到答案，我還是自己一個人，似乎沒有人能回答我。於是，我針對這沒有人要回答的問題給出了許多答案：是為了來生而活，我這樣回答自己，那麼，這樣的痛苦與煎熬是為了什麼？我無法相信來生；當我尚未全心全意地詢問時，我還相信，但現在我真的無法相信。如果祢真的存在，祢就會告訴我和其他人。如果祢不存在，那就只剩絕望，但我不想感到絕望，我不想。我很憤怒，我求祂向我揭開真理、親自向我顯現。我想盡辦法，做了一切該做的，祂卻依舊不向我顯現。「你們尋求，就給你們。」[1] 這句話突然浮上我的心頭，於是我開

[1]　《聖經．馬太福音》第七章第七節。

始尋求祂。在這段祈求過程中，我並沒有找到慰藉，而是短暫地休息了一會兒。也許，我其實不是在向祂祈求，而是背棄了祂。「一步之差，千里之別。」我不相信祂，卻向祂祈求，所以祂還是什麼都沒向我啟示。我找祂算帳、指責祂，歸根結柢，我根本不相信祂。

第二天，為了避免深夜獨自待在房間裡，我盡心竭力地嘗試將日常工作完成。事情依舊沒有忙完，我直到深夜才回家，我的內心並沒有那種煎熬的感覺，這個莫斯科的深夜，比起自阿爾札馬斯城所產生的改變，更深地改變了我的一生。我越來越少管事，對一切漠不關心，身體也大不如前。妻子要我去治療，她說我對信仰及上帝的煩惱，是源於疾病。但我深知，我的虛弱和疾病是源於我心中那懸而未解的問題。我盡可能不去想這個問題，在熟悉的環境下，盡可能地把生活填滿。每逢週日和節慶我都上教堂去，我守聖體齋[2]，甚至禁食（我自奔薩城之旅後就開始禁食）、祈禱，但更像是一種習慣。我對此沒有什麼期待，就好似不去把到期拒付的支票撕掉一樣，儘管知道支票不可能因此兌現——我這麼做只是以防萬一。我不用家務填滿我的生活，掙扎

[2] 指俄羅斯正教聖餐禮前的禁食及禁慾，主要為表達對聖餐的珍視及尊重。

於家務中使我厭煩，因為我沒有精力，取而代之的是閱讀雜誌、報紙、小說或小賭紙牌，而我的精力只體現在狩獵這個老習慣上。我一生都是個獵人，有一回，隔壁的獵人帶著獵犬來訪，說是要去獵狼，我與他同去，我們上了雪橇動身前往目的地。打獵並不順利，狼群衝破圍捕，我從遠處聽見了這個情況，便跟著林中野兔的蹤跡追了上去，一路追到林中的空地，我在空地上找到了牠，牠急忙跳起，快得我都看不見牠的蹤跡，我只好原路返回，返回偌大的森林中，雪積得很深，雪橇深陷其中，狗兒也迷路了。四周越來越荒涼，我不知道我在哪。大雪改變了四周的面貌。我突然發覺我迷路了。離家、離獵人夥伴們很遙遠，聽不到一絲動靜。我累得滿身大汗，要是我停下來，肯定會凍僵，但繼續前行又會消耗體力。我放聲大喊，四周一片寂靜，沒有人回應我。我繼續往回走，也是一樣的情況。我看了一下，周圍都是樹林，根本分不清東西南北。我繼續往回走，雙腿走累了。我非常害怕，只好停下腳步，阿爾札馬斯和莫斯科的恐懼在我心中油然而生，但這次是之前的數百倍。我的心怦怦跳，手腳不停地顫抖著。難道死亡就在這嗎？我還不想死，為什麼要死？死是要做什麼呢？我想像之前一樣審問、指責神，但是突然覺得我不敢這麼做，也不應該這麼做，不應該找祂算帳，祂所說的一切都是理所應當的，而我才是那個有錯的人。於是我開始祈求祂的原諒，對自己感到厭惡。這次恐懼感沒有持續很久。我站了一會兒，清醒過來，朝一個方向前進，很快就走出了樹林。我離樹林邊緣不遠，我離開樹林，回到了道路上。我的手腳仍然不斷地顫抖，心也怦怦跳著，但我內心充滿了喜悅。我回到獵人們身邊，一同踏上歸途。我很愉快，但我知道，有件事令我開心，當我一人獨處的時候，我才弄清楚是怎麼回事。事情就這樣發生了。我獨自一人待在自己的書房裡，開始禱告，回想自己的罪過，請求神的寬恕。我覺得我的罪很少，但當我一一想起，這些罪都令我厭惡不堪。

從此以後，我開始讀《聖經》，《聖經》對我而言既深奧又引人入勝，《福音書》使我大受感動。但我讀得最多的是聖人小傳，他們的故事使我得到安慰，他們的事蹟也逐漸成為我仿效的典範。自此之後，我越來越少管家務，甚至對那些事感到厭惡。我似乎什麼都不對勁。以前是怎樣我不知道，但我的生命已經和以前不一樣了。我在購買土地時，又再次證實了這點，離我家不遠處有一塊價格划算的土地要出售，我前去參觀，一切都非常順利，價格也很實惠。最划算的是農民的地都是菜園，而且據我所知，他們必須無償收拾地主的田地才能放牧，事情就是如此。這都在我的精打細算裡頭，一切根據我過往的習慣，都令我非常滿意。但我回家路上，遇見了一位老婆婆，我向她問路，跟她聊了聊。她向我述說了自己的窮困生活。當我回到家，向妻子說起購買這塊土地有多划算時，我突然感到羞愧，覺得自己令人厭惡。我說我們不能購買這塊土地了，因為我們所認為的划算，其實是建築在別人的貧困和痛苦之上。當我說完這些話，我所說的這個真理突然給了我啟示。重點是，這真理——這些農人跟我們一樣也想活著，他們也是人，他們也是弟兄，是神的兒子——正如《福音書》裡所說的一樣。忽然間，那長久壓在我心頭的東西從我身上脫落了，彷彿分娩脫離母腹一般。妻子非常生氣，把我罵了一頓，但我卻感到喜悅，這就是我瘋癲的開始。但我的徹底發瘋是在那之後的一個月後才開始的：那天我上教堂參加早晨禮拜，誠心禱告，專心聽道，深受感動。突然間有人向我遞來聖餅[1]，接著人們朝著十字架一擁而上，而門口聚集著許多乞丐。我突然明白過來，這一切不該是如此，不僅不該是如此，這一切都不存在；若這一切都不存在，死亡與恐懼也就不存在了，我以往心中的痛楚也不復存在，如今我已無所畏懼了。就在此時，一道光全然照亮了我，我成了現在的樣子。如果這些都不存在，那麼先前我心中一切所有也都不存在了。我在教堂門前的台階上，將我身上僅有的三十六盧布都分給了乞丐們，和人們一邊交談一邊走回家。

[1] 東正教聖餐禮裡的餅，象徵基督為眾人犧牲的身體，在儀式當中會被掰開成小塊給信徒。

人要多少地才夠[1]

何瑄 譯

[1] 本篇原作發表於一八八六年四月號《俄羅斯財富》雜誌，並同時收錄於《托爾斯泰童話三篇》書中。這篇小說的主題，可能與托爾斯泰閱讀希臘歷史學家希羅多德的原著，以及他在薩瑪拉草原逗留期間熟知巴什基爾人的生活風俗有關。另外，在烏克蘭的一些民間故事中，也能找到關於繞行土地而最終死亡的傳說。——俄文版編注

1

姊姊從城裡到鄉下探望妹妹。姊姊嫁給商人，住在城裡，妹妹則是嫁給農夫，住在鄉村。姊妹倆一起喝茶、聊天。姊姊開始驕傲吹噓自己在城裡的生活——她在城裡住得多麼寬敞、穿戴得多麼光鮮、孩子打扮得多麼漂亮、她吃好喝好、時常出外乘遊、逛街玩樂與上劇院看戲等等。

妹妹聽了很不高興，於是開口貶低商人、抬捧農民的生活。

「我可不想拿我的生活跟你交換。」她說：「我們的日子雖然平淡，卻不用擔心受怕。你們是過得比較風光，可做生意不是大賺就是大賠。俗話說：『虧損是盈利之兄。』這種事情很常見：今日是富翁，明日卻淪為乞丐。相比之下，我們務農就踏實多了——肚皮雖薄，卻撐得長久，我們沒有大富大貴，卻也不愁溫飽。」

姊姊說：「還要養豬牛牲畜，算什麼溫飽！妳瞧，家裡環境簡陋，又無朋友往來！無論妳丈夫多麼辛勤耕作，這輩子到死都是與牲畜糞便為伍，將來你們的孩子還要重複相同的生活。」

「那又怎樣？」妹妹說：「農家生活就是如此。我們生活安定，不用低聲下氣求人，也不怕任何人。你們城裡人的生活則是充滿各種誘惑；今天還好好的，隔天忽然就冒出個魔鬼——不是勾引妳丈夫賭牌，就是引誘他酗酒，或是玩女人，敗光了所有家產。難道不是常有的事嗎？」

妹妹的丈夫帕霍姆躺在爐灶上，聆聽姊妹倆閒聊。

「沒錯，正是如此。」他說：「我們農人從小就在大地母親身上打滾，腦子裡從來沒有那些荒唐念頭。唯一的煩惱就是——土地太少了。如果擁有足夠的土地，別說是人，就連魔鬼我都不怕！」

姊妹倆喝完茶，又聊了一下服裝，便收拾茶具，上床睡覺。

而魔鬼坐在爐子後方，聽見了所有對話。他很高興，農婦引誘丈夫誇下海口，說只要擁有土地，連魔鬼都不怕。

「好啊！」魔鬼想：「我們就來打個賭。我給你許多土地，以此拿下你。」

2

村子附近住著一個女地主，她擁有一百二十俄畝[1]地。過去她與農民關係融洽，從不仗勢欺人。直到她雇用一名退伍士兵擔任管事，農民開始飽受罰款侵擾。無論帕霍姆多麼小心謹慎，不是馬兒跑進女地主的燕麥田，就是母牛闖入花園，或是小牛躲進人家的牧地——每次都被罰款。

帕霍姆付完罰款，回到家裡便打罵家人出氣。一個夏天，帕霍姆就被管事罰了好幾次。最後家畜都圈禁在院子裡，帕霍姆甚至為此感到高興——儘管有點心疼飼料花費，至少不再害怕受罰。

到了冬天，有流言傳出，女地主要出售地產，大道旁一間旅舍主人打算買下來。農民聽聞消息，暗暗叫苦：「唉，如果旅舍主人買了這些地，未來罰款會比女地主還嚴苛。我們就住在這裡，少了這片土地可活不下去。」於是農民們一起來找女地主，請求她別將土地賣給旅舍主人，而是賣給他們，並允諾花更多錢購買。女地主同意了。

---

[1] 一俄畝約為一．〇九公頃。

農民們打算一起買下所有土地，召開了兩次集會——卻無法統一意見。魔鬼使他們各持己見，無法達成共識。最後農民決定，按照個人財力，各自買地。女地主也同意了。

帕霍姆聽說，鄰居買下二十俄畝地，只付了一半現金，剩下的錢，女地主同意一年後再繳清。他羨慕地想：「要是土地都給買光了，我就什麼都沒有啦！」於是跟妻子商量起來。

「大家都在買地，」他說：「我們也應該買個十俄畝地。不然無法過活，管事壓榨得太過分了！」

夫妻倆仔細盤算如何買地。他們有一百盧布存款，再賣掉一匹小馬和一半蜜蜂，再把兒子典押為雇工，跟親戚借點錢，就可以湊足一半的金額了。

錢湊齊了，帕霍姆看中一塊十五俄畝大小的土地，還附帶一小片樹林。接著，便去找女地主進行交易。他談妥十五俄畝地，擊掌為約並交付訂金，然後雙方進城，簽立契約。他支付一半款項，並約定其餘欠款將於兩年內全部還清。

於是，帕霍姆便擁有了自己的土地。他借來一些種子，播種在新買的田地裡。作物長得極好，一年內他便還清了女地主與親戚的欠款。

帕霍姆成了地主，他在自己的土地上耕作、播種、割草、伐木、放牧；每當他耕耘這片永遠屬於自己的土地，或是看見青翠的幼苗與牧地——內心便歡喜不已。在他看來，自家土地生長的野花野草都與別處完全不同。以往他經過這裡，看見的只是一片平凡的土地——如今卻變得與眾不同了。

3

帕霍姆過著愉悅的生活，一切本該稱心如意，只是常有村民踐踏、毀損他的作物與牧地。他好言相勸，卻無法遏止：一會是牧人將牛群趕進他的牧地，一會是馬匹夜間闖進他的農田。帕霍姆一遍遍趕走牲口，也原諒他們，並未打官司，最後他實在受不了，便找鄉長投訴。他知道，這些農民並非蓄意破壞，實在是土地有限，可他想：「我也不能縱容他們，這樣下去我的作物與牧地全給糟蹋光了。必須教訓一下他們。」

他透過法庭教訓了村民一兩次，有一兩人遭到罰款處分。鄰居對帕霍姆懷恨在心，開始蓄意破壞。有人夜間潛入他的小樹林，一口氣砍掉十棵椴樹，並剝下樹皮[1]。帕霍姆經過樹林，赫然發現白花花的一片；走近細看——剝了皮的樹幹被遺棄在地上，只餘樹樁孤零零豎立原地。若是只砍邊緣幾棵也就罷了，至少還保留一部分，可這壞蛋竟然砍光一整片樹木！

帕霍姆大怒，心想：「哼！等我找出是誰幹的，一定給他好看！」到底是誰呢？他想來想去，認為一定是西蒙幹的，沒有別人了。他上西蒙家搜索，什麼也沒找到，反而與對方大吵一架。於是帕霍姆更加深信是西蒙幹的，遞狀告上法院。法庭傳喚兩人，審訊多次——最後因缺乏證據，判定被告無罪。帕霍姆更加生氣，同鄉長、法官吵了起來。

他說：「你們讓竊賊溜了。你們若是公正，就不該為竊賊開脫。」

帕霍姆與法官、左鄰右舍都起了爭執。還有人威脅要放火燒他屋子。帕霍姆雖有大片土地，可在村社的生存空間越來越小。

這時又有流言傳出，許多人民遷移到新地區發展。帕霍姆想：「我何必拋下自己

---

[1] 樹皮指樹幹的韌皮，可利用其纖維加工編製鞋子等生活用品，有其經濟價值。——編注

的土地搬到別處呢？如果村裡有人遷走，我們就會有更多空間。我還能把他們的地弄過來，讓土地變得更大，生活也會變得更好，現在的空間還是有點緊。」

某天，帕霍姆坐在家裡，一名過路農夫進門拜訪。帕霍姆留對方過夜，招待用餐並與其攀談，問他從哪裡來。農夫答，從伏爾加河下游一帶過來，他在那裡工作。兩人一句接一句聊個不停，農夫提起許多人遷往伏爾加河定居，又說那些人定居後，登記加入村社，一個人能分得十俄畝地。

「那裡土地可好了。」他說：「種的黑麥長得多高啊——麥莖高度都超過馬匹了；而且長得多茂密啊——抓五把就能紮成一捆。」

他繼續說：「有個農民，他是窮光蛋，兩手空空過去，現在已經擁有六匹馬與兩頭母牛了。」

帕霍姆心動了。他想：「如果那邊生活這麼好，我何必困在這裡吃苦？不如把房子土地都賣了，用這筆錢在那裡興建家業。留在這種小地方——自找罪受。不過，我得親自去打聽清楚。」

一切準備妥當，到了夏天，他便出發。先乘船沿伏爾加河南下，到薩馬拉[2]上岸，

---

[2] 薩馬拉（Samara）是位於伏爾加河中游的港口城市。

再步行四百俄里，便抵達目的地。正如所言，當地農民土地遼闊，一人可分得十俄畝地，村社也樂於接納新人。若是有錢，除了份地[1]，也可購買永久私地——上好的土地，一俄畝僅要價三盧布，想買多少就買多少。

帕霍姆將一切打聽清楚，秋天便返回家裡，賣掉所有家產——土地、房子與牲口，並退出村社。待來年開春，便舉家遷往新地區。

4

帕霍姆帶著家人搬到新地區，申請加入一座大村的村社。他請村裡的父老喝酒，順利取得所有文件。村社接受帕霍姆的申請，除了公有牧地，一家五口共分配到五十俄畝份地，但是互不相連。帕霍姆蓋了房子、買了家畜。如今他的份地是過去的兩倍，且肥沃豐饒；生活也比以前好上十倍，耕地與飼料充足，想養多少牲畜都行。

[1] 即村社公有土地。村社會按慣例定期重新分配土地給內部農民，達到平衡使用的目的。

起初，帕霍姆忙於安頓家園，感覺一切都很美好；可時日一久，他又覺得土地太少了。頭一年，帕霍姆在份地上種植小麥——收穫頗豐。他想多種一些小麥，可份地不敷使用，現有的土地又不適合續種。

當地農民通常在茅草地或休耕地種植小麥，每隔一兩年便休耕養地。這種地很多人搶，無法人人有份，因此常有爭執。家境較殷實的農戶偏好自己種植，貧窮的農家則把地轉賣給商人，以賣得的錢來繳稅。帕霍姆也想多種一些作物，隔年他向一位商人租地，租期一年。他又種了一些小麥——收成很好。只是那片田地離村太遠——要駕車十五俄里才能到達。

帕霍姆眼見一些經商的農民擁有莊園私產、生活富裕。心想：「如果我也買一塊私人土地，蓋座莊園，那可好了！田地就在附近，不用四處跑。」於是帕霍姆開始盤算如何買一塊私人土地。

如此過了三年，帕霍姆租地種小麥，年年豐收，錢越存越多。他本可以繼續這樣生活，可他厭倦了每年與人爭地、為租地事宜奔波：一聽說有好地，眾人立刻飛奔而至，一下就搶光了。搶不到的人便無地可種。

第三年，帕霍姆與一個商人合資向幾個農民承租牧場——土地已翻耕完畢，這幾個農民卻為牧場打起官司，所有工作都白費了。帕霍姆想：「假如我擁有自己的土地，就不用低聲下氣求人，也沒有這些麻煩事了。」

於是帕霍姆四處打聽，哪裡能買到永久私地。正好有個農夫破產，欲賤價出售五百俄畝地。帕霍姆打算買下來，雙方討價還價——最後談定了一千五百盧布，並支付一半訂金。此事近乎完成之際，卻冒出一個過路商人，停在帕霍姆院子前歇息餵馬。兩人一起喝茶、聊天。商人說，他從遙遠的巴什基爾人[1]那邊過來，在那裡買了五千俄畝地，總共只花費一千盧布。

帕霍姆詢問詳情，商人說：「只要拉攏當地老人就可以了。我花一百盧布買些長袍、地毯送給他們，再加上一箱茶葉，愛酒的人請他們喝點小酒。最後，一俄畝地只要二十戈比。」他拿出地契給帕霍姆看：「地靠河邊，原野上覆滿青草。」

帕霍姆又問了一些問題。

商人說：「那裡的土地廣袤無垠，一年都走不完——全部都是巴什基爾人的。他們像山羊一樣頭腦簡單。土地幾乎是免費奉送。」

---

[1] 巴什基爾人（Bashkir），信仰伊斯蘭教，傳統生活方式為半遊牧的經濟型態。

帕霍姆心想：「嗯，我何必花一千盧布買五百俄畝地，還要扛一身債呢？我用一千盧布在那裡可以買多少地啊！」

5

帕霍姆問清楚前往路線，待商人離開，便即刻準備出發。他託妻子管家，自己帶著一名雇工便上路了。他們按商人所言，先進城買了酒、一箱茶葉及其他禮品，接著不停走啊走——走了約五百俄里。第七天他們終於到達巴什基爾人的部落。

一切正如商人所述，巴什基爾人居住在草原上的毛氈帳篷，緊鄰河流。他們不種田也不吃麵包，而是在草原放牧成群牛馬；幼駒拴在帳篷後方，一天兩次趕母馬過來餵奶。他們擠馬奶、釀馬奶酒。婦女負責攪拌馬奶酒、製造乾酪；而男人只會喝茶、喝馬奶酒、吃羊肉與吹笛子。所有人都是圓滾滾、樂呵呵的模樣，整個夏天無所事事歡樂度過。他們無知、落後，不懂俄語，卻熱情爽朗。

一看見帕霍姆，巴什基爾人便從帳篷裡出來，團團包圍住他，並找來一個翻譯。帕霍姆告訴翻譯，自己為買地而來。巴什基爾人高興極了，拉著帕霍姆，領他進入一座豪華帳篷，招呼他坐在地毯上，並鋪著絨毛坐墊。人們圍著他坐下，請他喝茶與馬奶酒，還宰了一頭羊，請他吃羊肉。帕霍姆從馬車上取來禮物與茶葉，分送給在場的巴什基爾人。巴什基爾人很開心，彼此嘰嘰喳喳交談一番後，再請翻譯轉達。

「他們要我告訴你，」翻譯說：「他們很喜歡你。我們的風俗是——盡心招待來客，使客人滿意，以及回報贈禮。你送了我們禮物，現在請說說，你喜歡我們這裡什麼東西，好作為回禮送給你。」

「我喜歡你們的土地。」帕霍姆說：「我們那裡的土地太少了，而且貧瘠。你們這裡的土地又廣闊又肥沃，我從未見過這麼好的地。」

翻譯轉達了他的話。巴什基爾人又是一陣討論。帕霍姆聽不懂他們在說什麼，卻看得出來，他們很高興，又叫又笑的。然後他們全都安靜下來，看向帕霍姆，翻譯說：「他們要我告訴你，為了回報你的好意，你想要多少土地，他們都樂意給你。只要用手一指，土地就是你的了。」

巴什基爾人又討論起來，像是起了爭執。帕霍姆問，他們在吵什麼，翻譯回答：「有些人說，關於土地的事應該請示族長，他必須在場才行。另一些人則說，他不在場也無所謂。」

6

正當巴什基爾人爭論不休之際，忽然出現一名戴著狐皮帽的男子。眾人皆安靜下來並站起身。

翻譯說：「這就是族長。」

帕霍姆立即取出最好的長袍外加五俄磅[1]茶葉獻給族長。族長收下禮物並坐上主位，眾人隨即開口向他陳述事情經過。族長聽了一會，點點頭，要大家安靜，接著用俄語對帕霍姆說：「好，你喜歡哪塊地就拿去吧！這裡土地多的是。」

帕霍姆心想：「怎樣才能拿到我想要的土地，而且越多越好呢？應該想個辦法定

[1]　一俄磅約為四〇九．五公克。

下來。否則他們現在說給你，之後又收回去了。」

於是他說：「感謝你們的好意。你們確實有許多土地，可我要的並不多。我只想知道，哪塊地可以給我，而且應該想個辦法測量並定下來。畢竟，人的生死由上帝作主，你們這些好心人將土地給了我——可將來你們的子孫說不定又收回去了。」

「你說的沒錯。」族長說：「是可以定下來。」

帕霍姆便說：「我聽說有位商人曾經來過這裡。你們同樣給了他一些土地，並簽訂契約。我按照他的方式辦理就行了。」

族長表示理解。

「這些都沒問題。」他說：「我們這裡有位書記員，你們一起進城，蓋完所有印鑑即可。」

「價錢是多少呢？」帕霍姆問。

「我們只有一種價錢——一天一千盧布。」

帕霍姆不懂，他問：「一天——這是什麼測量方式？一天是多少俄畝？」

族長說：「我們可不懂計算這個。我們是按天賣地：你一天能繞完多少地，那些地就都歸你了，價格是一天一千盧布。」

帕霍姆驚訝不已。

「可一天走下來，拿到的土地可多了！」他說。

族長笑了起來。

「都是你的！」他說：「唯一的條件就是：你必須在一天之內趕回原本的出發地，假如你做不到，那錢就白費了。」

帕霍姆問：「我走過的地方該如何標記呢？」

「我們會守在你選中的土地，你就繞著那塊地走一圈，帶把鐵鍬，在你想要的地方做記號，並在轉彎處挖個坑，把草皮埋進去，之後我們會拉犁，沿著所有土坑走一遍。你想繞多大圈都可以，但日落前一定要回到原本的出發地。屆時繞過的所有土地就都歸你了。」

帕霍姆非常高興。雙方談定明日一早便去圈地。眾人又閒聊起來，繼續飲馬奶酒、吃羊肉還有喝茶。天黑了，巴什基爾人安排帕霍姆睡在絨毛鋪上，大家約好明日破曉時分集合，日出前便出發。然後各自散去了。

7

帕霍姆躺在絨毛鋪上無法入睡，一心想著圈地之事。「我要得到一大片地。」他想：「我一天能走五十俄里。現在是一年中白晝最長的季節，五十俄里的地該有多廣啊。我可以賣掉較差的地或租給其他農民，好地我留著自己種。買兩頭公牛來牽犁，再雇兩個雇工幫忙；我只種五十俄畝地，其餘的就留作牧地放養牲口。」

帕霍姆徹夜未眠，天明之前才稍微瞇了一會。才剛睡著，他便做了一個夢。夢見自己躺在這座帳篷內，聽見外頭傳來一陣狂笑。他想看看是誰在笑，便起身走出帳篷，然後看見——原來是巴什基爾族長坐在帳篷前面，雙手捧腹，滾落在地，哈哈大笑。他上前詢問：「你在笑什麼?」卻發現那人並非巴什基爾族長，而是不久前才經過他家，告訴他土地之事的商人。他才剛開口問：「你早就在這裡了嗎?」又發現對方已非商人，而是那位路過他老家、往伏爾加河南下的農人。接著，帕霍姆發現，對方也不是農夫，而是一個頭上長角、雙足獸蹄的魔鬼。魔鬼坐在那裡哈哈大笑，牠面前躺著一個人，光著雙腳，身穿農夫的襯衣與褲子。帕霍姆定睛一看——發現那人已經死了，而且正是他自己。

帕霍姆大吃一驚，醒了過來，心想：「這什麼夢啊！」接著環顧四周，透過敞開的門口看見天色已經泛白，黎明即將到來。他想：「得叫醒大家，該出發了。」帕霍姆起身，叫醒睡在馬車上的雇工，命令他套車，又前去叫醒巴什基爾人。

「是時候了。」他說：「去草原上圈地吧！」

巴什基爾人紛紛起床，全部聚在一起，族長也來了。他們又開始喝馬奶酒，還要請帕霍姆喝茶，可他等不下去了。

「說好要出發就出發吧！」他說：「時候到了。」

8

巴什基爾人全體集合——有些人騎馬，有些人坐車，大夥一起出發。帕霍姆與雇工坐在自家馬車上，還帶了一根鐵鍬。眾人抵達草原之際，天剛拂曉。他們爬上一座尖頂山丘——巴什基爾語稱為「錫漢」[1]。巴什基爾人紛紛下車、下馬，聚集在一起。族長走到帕霍姆面前，伸手一指，道：「你瞧，放眼所及全是我們的地，任你挑選。」

帕霍姆激動得紅了眼。眼前土地盡是肥沃的草原，平坦如手掌，黝黑如罌粟籽，谷地雜草叢生，高至胸際。

族長摘下狐皮帽，放在地上。

「這就是標記。」他說：「你從這裡出發，最後再回到起點。繞過的所有土地就都歸你了。」

帕霍姆掏出錢，放在帽子上，然後脫下長袍，只穿一件長襬上衣[2]，稍微束緊腰帶，又將一小袋麵包揣進懷裡，小水壺繫於腰帶，拉拉靴筒，最後從雇工手中接過鐵鍬，準備出發。

他想了又想，到底該往哪個方向呢？每塊土地都很肥沃。最後他想：「反正都一樣，就朝日出的方向前進吧。」於是他面向東方，活動一下筋骨，等待太陽自地平線

---

[1] 錫漢（шихан），為古代海洋礁石殘餘物沉積而成之白堊丘陵地，乃當地特殊景觀。

[2] 俄羅斯傳統男子服裝，下襬長至膝部或過膝，腰部剪裁採收腰設計，背部有褶皺。

上升起。他想：「我不能浪費時間。趁著天氣涼快，走路比較輕鬆。」太陽甫探出頭來，帕霍姆便扛著鐵鍬，往草原走去。

起初，帕霍姆不疾不徐行走。走了一俄里左右，他停下腳步，挖了個坑，填入草皮疊成土堆，作為記號，接著繼續向前走。此時他已熱身完畢，開始加快步伐。走了一陣子，他又挖了另一個土坑。

帕霍姆回頭望望。陽光下可清楚看見錫漢山丘，上面站了許多人，馬車車輪閃爍著光芒。帕霍姆算算自己大約走了五俄里，身體熱起來了，他脫下上衣，披在肩上，繼續前進。又走了五俄里，氣溫升高了，他看看太陽——已經到了吃早餐的時候。

「走完一輪了[3]。」帕霍姆心想：「一天有四輪要耕。現在回去太早。我先把靴子脫掉。」他坐下來，脫掉靴子，掛在腰間，繼續前進。現在走起路來輕鬆多了。他想：「我再走五俄里便左轉，這裡的地太好了，放棄可惜啊。走得越遠、土地越好。」於是又向前直走。他回頭一望，隱約可見錫漢山頂，人群小得跟螞蟻一樣，黑乎乎的，

[3]　指農民駕馬耕地時，不用休息便能耕完的面積。走完一輪，則要讓牲口休息一下，喂飽牲口後，再繼續耕地。

還有東西隱隱發光。

帕霍姆心想：「嗯，這個方向走得夠遠了，該轉彎了。而且我出了一身汗，需要喝水。」於是他停下來，挖了個較大的坑，填好草皮，解下水壺，喝足水後便向左急轉彎。他不停走啊走，這裡野草十分茂盛，天氣也炎熱起來。

帕霍姆開始覺得累了。他看看太陽——發現已經是中午時分。他想：「嗯，該休息一下了。」於是停下來，坐在地上，吃了麵包又喝了點水——他沒有躺下來，擔心躺下去就睡著了。他只休息了一會，便繼續行走。起初，因為吃過東西，恢復些許力氣，走起路來輕鬆許多；可天氣實在太熱，他昏昏欲睡，可依然堅持前進，心裡暗忖：「忍得一時，享受一世。」

他朝這個方向又走了許久，正想左轉時，卻看見前面是一片潮溼的窪地，放棄太可惜了。他想：「在這裡種亞麻一定長得很好。」遂繼續向前直走。走完這片窪地，他又掘了一個坑，再度轉彎。

帕霍姆望望錫漢山丘，那裡蒙上了一層熱氣，有什麼東西在空中晃動，山頂上的人群被蒸氣掩蓋，幾乎看不清——他們約在十五俄里外。「嗯，方才兩邊已經夠長了，這邊必須短一點。」

帕霍姆走第三邊時，加快了腳步。他看看太陽——已經到了午茶時間，可第三邊才走了兩俄里，距離起點還有十五俄里。「不行。」他想：「不能再走下去了。雖然土地外圍會有一處歪斜，可我必須抄直路趕回去才行，也不必再去占太多地，反正地已經夠多了。」帕霍姆趕緊挖了一個坑，轉身朝山丘直線前進。

9

帕霍姆抄直路朝錫漢山丘前進，他開始感覺吃力了：滿身大汗、兩腿發軟，雙腳因為沒穿靴子而被割得傷痕累累。他很想停下休息，卻不能這麼做——深怕日落前趕不回起點。太陽不等人，越來越低。他想：「唉，我是不是錯了？要了太多地。趕不回去該怎麼辦？」他看看前方的錫漢山丘，又望望太陽：距離起點依然遙遠，可太陽已經接近地平線了。

帕霍姆繼續向前行走，儘管十分吃力，仍不停加快腳步。他走了又走——距離出用來開路。

發點依然遙遠，於是小跑起來。他丟掉上衣、靴子、水壺與帽子，只保留那把鐵鍬，

「唉，我太貪心了。」他想：「這下事情全毀了，日落前我肯定到不了。」因為恐慌，他更加喘不過氣。

帕霍姆繼續往前跑，他口乾舌燥、渾身是汗，襯衣與褲子溼答答黏在身上；胸膛鼓脹如風箱，心跳快似鐵錘敲擊，雙腿跑得像是要斷了，彷彿不屬於自己。帕霍姆感到恐懼，暗道：「可別因此累死啊！」

他怕死，卻又不願停下腳步。他想：「都已經跑這麼遠了，現在才停下來——別人會笑我是傻瓜。」於是又繼續跑啊跑，終於漸漸接近出發點，並且聽見巴什基爾人在為他尖叫、吶喊，這些叫聲使他心跳更加劇烈。

帕霍姆使出最後一點力氣向前奔跑，太陽已經落到天際，沉入暮靄，變得又大又紅，宛如鮮血，即將隱沒。夕陽已近消失，他離出發點也不遠了。帕霍姆看見，山頂上的人們朝他揮舞雙手，催他快跑。他看見地上的狐皮帽與放在上頭的錢；看見族長坐在地上，雙手捧腹。帕霍姆忽然想起清晨做的那場夢，暗忖：「我得到了許多土地，可不知上帝是否同意讓我留下來。噢，我害死自己了，我跑不回去了。」

帕霍姆望向太陽。落日已觸及地平線，消失了一部分，餘留弧形邊緣。帕霍姆用盡最後一絲力氣，俯身向前猛衝，雙腿費力地跟上，使他不致跌倒。帕霍姆跑到山腳下，天色忽然暗下來。他回頭一看——太陽已經落下去了。他驚叫一聲：「完了！我的辛苦都白費了！」正想停下腳步，卻聽見巴什基爾人還在呼喊，於是他想到，自己站在低處，覺得太陽已經落下；可從山頂上看，太陽還沒完全消失。

帕霍姆一鼓作氣衝上山丘。山頂處依然明亮，他一上去便看到那頂帽子。族長正坐在帽子前面，兩手捧腹，哈哈大笑。帕霍姆想起了那場夢，唉叫一聲，雙腿發軟，向前撲倒，雙手恰好碰到帽子。

「啊呀，好樣的！」族長大叫：「你得到一大片土地啦！」

帕霍姆的雇工趕緊跑過去，想將他扶起來；可帕霍姆口吐鮮血，倒在地上，死了。巴什基爾人嘖嘖嘆息。

雇工拾起鐵鍬，給帕霍姆挖了一個墓穴——他從頭到腳剛好三俄尺長，然後就把他埋了進去。

三隱士[1]

魏岑芳 譯

[1] 本篇原作發表於一八八六年《尼瓦》雜誌第十三期，副標題為《民間傳說》，故事情節不論在口傳或文字記載都流傳廣泛。十六世紀古羅斯的文獻中，有一篇源於西歐的寓意故事《聖奧古斯丁和愛奧尼亞主教》，與本篇小說情節很相似。托爾斯泰用自己的手法改寫原作，減少了原作中一些神蹟的成分。

——俄文版編注

「你們禱告，不可像外邦人，用許多重複話，他們以為話多了必蒙垂聽。你們不可效法他們；因為你們沒有祈求以先，你們所需用的，你們的父早已知道了。」（《馬太福音》第六章第七、八節）[1]

主教[2]坐船從阿爾漢格爾斯克渡到索洛維茨群島[3]時，船上有一些信徒，正準備去尋找神的僕人。天氣晴朗，船順風而行，沒有劇烈搖晃。信徒們有的躺臥著，有的吃著東西，有的一群一群地圍坐，彼此聊著天。主教走到甲板上，沿著駕駛艙來回踱步，當他走到船頭時，看見有一群人聚集在一起，聽著一個年輕人說話，他邊說還邊指著海裡的什麼東西。主教停下腳步，看了看年輕人所指的地方：只見海中日光閃爍，其他什麼也沒看到。於是主教上前去，開始仔細聽他說話。年輕人見他走來，便摘下帽子，不再作聲。人們也看到了主教，於是也摘下帽子，以表敬意。

---

[1] 此處譯文摘自中文版聖經合和本。

[2] 原文為 архиерей，東正教的高階神職人員的通稱，可以分為主教（епископ）、大主教（архиепископ）、都主教（митрополит）、大牧首（патриарх）。此處為方便理解而譯為「主教」。

[3] 阿爾漢格爾斯克（Arkhangelsk）是俄羅斯北方濱臨白海的一個港市；索洛維茨群島位於白海西側，其上有古老的修道院、教堂，自古以來便吸引朝聖者前往。

麼。」

「弟兄們，別覺得不好意思！」主教說。「我也是過來聽聽你這位善人在說些什麼。」

「這位漁夫就是在跟我們說幾位隱士的事。」一位商人鼓起勇氣說。

「這些隱士們怎麼啦？」主教邊問，邊走到船舷上，在一個箱子上坐了下來。「說給我聽聽。你剛才指了什麼給他們看？」

「那邊有座小島隱約可見，」年輕人邊說，邊用手指著右前方。「那座島上住著幾位正在修行的隱士。」

「小島在哪裡呀？」主教問。

「您順著我手指的方向看。那邊有朵雲，就在雲的左下方，那座島看起來像一條細絲帶露出來了。」

主教看了看，雙眼還未習慣海面上粼粼的波光，所以什麼也看不到。

「我看不見。」他說。「那麼，住在島上的隱士們，是什麼樣的人呢？」

「是屬上帝的人。」一位農夫說。「我很久以前就聽說過他們的事，但一直沒機會見到他們。就在去年夏天我親眼見到他們了。」

漁夫又開始講述，他是如何去捕魚，以及他是如何去到那座島上的。當時他也不曉得這是哪裡。一大清早起來散步時，發現了一個小洞穴屋。洞穴屋旁站著一位隱士，後來又走出了兩位隱士；他們準備食物給他吃，幫他烘乾身上的衣服，還幫他修好了小船。

「他們長什麼樣子？」

「一位身材較瘦小駝著背，年事已高，身穿老舊教袍[1]，年紀肯定已過百，斑白的鬍子已經開始發綠，總是面帶微笑，容光煥發得跟天使一樣。另一位稍微高一點，也很老了，身穿破長衣，茂密的銀白鬍鬚略微發黃，是一個強壯的人：他翻我的船就像翻木桶一樣輕鬆，我都沒來得及幫忙，他就把船翻過來了，他也是一位開朗的人。第三位長得很高，鬍鬚雪白及膝，看起來悶悶不樂，眉毛垂在眼睛上，全身光溜溜，只在腰間圍一塊粗麻布。」

「他們跟你說了什麼？」主教問。

「他們大多是默默地做事，彼此之間也很少說話。一個眼神，對方就立刻意會到要做什麼。我問那位最高的隱士，是不是已經在此地居住很久，他眉頭一蹙，開口說

[1] 袖子寬大、有腰身的黑色長袍，一般為東正教隱修士之穿著。

了些什麼，便發起脾氣來，這時年紀最大、個頭最小的那一位隱士立刻抓住他的手，向他笑了笑，他便立刻靜下來。那位最年長的只說了句：『請原諒我們！』然後就露出微笑。」

當農夫在跟大家說話時，船逐漸駛近小島。

「現在可以完全看得清那座小島了！」商人說，「您請看，主教大人。」他用手指著說。

主教舉目觀看，確實看到了一條黑色的絲帶——就是那座小島。主教看著看著，便離開船頭，走到船尾，到舵手的身邊。

「那是什麼島啊？」他說：「那邊那座。」

「那個啊，沒名字。這裡很多這種無名島。」

「那裡真的像大家說的一樣，住著三位正在修行的隱士嗎？」

「人們是這麼說，主教大人，但我不知道是否屬實。漁夫們說有見過。但也有可能只是他們隨口說說。」

「我想去那座島，去看一看那些隱士。」主教說。「我該怎麼做？」

「船沒有辦法開到那裡。」舵手說。「但小船可以，我問問船長。」

他叫來船長。

「我想去看看這些隱士。」主教說：「是否可以將我送到那裡？」

船長開始勸阻：「可以是可以，但就是會花很多時間。斗膽向主教大人報告，他們不值一看。我聽人們說這些老頭子已經糊裡糊塗了，他們什麼都不懂，什麼話也不會講，就跟海裡的魚沒什麼兩樣。」

「我想去。」主教說。「請載我過去吧，我會付工錢的。」

船長沒辦法，只好吩咐船員調整船帆，舵手將船調轉方向，向小島駛去。主教拿了張椅子到船頭坐下觀望小島。人們也聚集到船頭，大家都望著那座小島。眼尖的人很快發現，島上有石頭，還有一個洞穴屋，有個人甚至認出了那三位隱士。船長拿出望遠鏡看了看，將望遠鏡遞給主教。「確實有。」他說。「岸上一塊巨石旁站著三個人。」

主教用望遠鏡朝那裡一望，確實有三個人站在那邊：一位個子很高，另一位矮一些，第三位個頭非常矮小。三個人站在岸上，手拉著手。

船長走到主教身邊說：「主教大人，船必須停在此處。若您願意過去，從這裡要麻煩您坐小船過去，我們要在這裡下錨停靠。」

船員們立刻放下鋼索，把錨抛下水中，卸下船帆。船身一震，便搖晃了起來。他們放下小船，划槳手們跳下船，主教便開始順著梯子往下爬。當他下到船上，坐到小船的小長凳上，槳手便開始划槳，向島上駛去。轉眼間他們已靠近小島；大家都看到岸上站著三位隱士：最高的那位裸著身子，只在腰間圍著一塊麻布，比他矮一點的隱士穿著破爛的長衣，而年紀最大的隱士駝著背，身穿老舊的教袍；三個人站著，手拉著手。

槳手將小船靠了岸，用鉤竿把船鉤住。主教從船上下來。

隱士們向主教鞠了個躬，主教為他們祝福後，他們又更深地鞠了躬，主教便開始對他們說話。

「我聽說，」他說。「你們這些屬上帝的隱士在此修行，為著人們向基督祈禱。還不配稱為基督僕人的我，因著上帝的憐憫，被呼召到此地牧養祂的子民；我也想見見你們這些上帝的僕人，並盡我所能地為你們講道。」

三位隱士一聲不吭，面帶微笑，面面相覷。

「請告訴我，你們是如何修行？你們如何侍奉上帝？」主教問。

中間的隱士嘆了一口氣，然後看著那位最年長、年紀最大的隱士；最高的隱士蹙起眉頭，也看著最年長的隱士。然後最年長的隱士開口說：「啊，上帝的僕人，我們不懂如何侍奉上帝，我們只會侍奉自己，自己養活自己。」

「你們怎麼向上帝禱告？」主教問。

最年長的隱士回答：「我們都這樣禱告：你們三位，請憐憫我們三位！」

當最年長的隱士剛說完這句話，三位隱士就舉目望天，異口同聲地說道：「你們三位，請憐憫我們三位！」

主教笑了笑，說：「這是因為你們聽過了聖三位一體，但你們禱告的方式不對。我很喜歡你們三位屬上帝的隱士，我想你們是想討上帝歡心，但不知該如何侍奉祂。禱告不是這樣，你們聽著，我來教教你們。我不是以個人經驗來教導你們，而是用主禱文[1]來教導你們，上帝吩咐過我們要怎樣向他禱告。」

於是，主教就開始向隱士們解釋，上帝怎樣向人們顯現自身：向他們一一說明聖父、聖子和聖靈，又說：「聖子來到地上拯救人們，也教會大家要如何禱告。你們邊聽，邊跟著我唸。」

[1] 請參閱《聖經．馬太福音》第六章第九至十三節。

主教開始說：「我們的父。」其中一位隱士說：「我們的父。」第二位也複述：「我們的父。」接著第三位也跟著複述：「我們的父。」主教接著說：「我們在天上的父。」隱士們也一同複述：「我們在天上的父。」第二高的那位隱士唸錯了；而那位高大、打赤膊的隱士，則因嘴上長滿了鬍鬚而無法唸清楚；年紀最長、沒有牙齒的隱士則含糊不清地唸過去。

主教重複了一遍，隱士們也重複了一遍。他說著說著，便在一塊小石頭上坐了下來，三位隱士站在他身邊。當主教向他們說話時，他們看著他的嘴型，跟著他複述。主教費盡心思，教了他們一整天，從早教到晚；他十次、二十次，甚至一百次地一個一個字重複著，這些隱士們也跟著他一個一個字地複述。他們唸錯的時候，主教就會糾正他們，然後請他們從頭再複述一遍。

還沒教會隱士們全部主禱文之前，主教都沒有離開半步。他們跟著他念，然後再自己重複一遍。第二高的隱士最先理解了經文，然後自己全複述了一遍。所以主教就請他一次又一次地讀，一再地複習，而另外兩位也唸完了整篇禱告詞。

一直到天色變暗，月亮從海面升起，主教才動身準備回到大船上。主教與三位隱士辭別，他們三位也向主教叩首致敬，主教將他們扶起，然後親吻他們每一位，囑咐他們要按照他教他們的方式禱告，然後就坐上小船，往大船駛去。

主教在搭乘小船回去的途中，還不斷地聽到他們三人大聲地一同複述著主禱文。靠近大船之時，已經聽不到隱士們的聲音，只見一輪明月高掛：岸上相同的地方依舊站著那三位隱士——個子最小的那位站在中間，高個兒站在他的右邊，第二高的那位站在左邊。主教回到大船邊，爬上甲板，水手們拉起船錨，放下船帆。風吹動船帆，船也開始移動，繼續向前行。主教到船尾坐下，繼續望著那座小島。一開始還可以看得清那些隱士們，後來就漸漸看不到了，只剩下小島依舊在眼前。不一會兒連小島也逐漸消失，只剩在月光下閃閃發亮的海水。

信徒們紛紛躺臥入睡，甲板上一片寧靜。然而，主教卻毫無睡意，一個人坐在船尾，望著已經看不見那小島的大海，想著這三位善良的隱士。回憶著當他們學會禱告詞時有多高興，並且感謝上帝將他帶到此地，幫助了這三位隱士，教會他們神的話語。

主教坐著，回憶著，繼續看著海面上小島最後消失之處，接著他的視線在海浪閃閃爍爍的光中逐漸模糊。突然間，他看見月光下，有什麼東西在閃爍著白光：不知是發著白光的鳥兒、海鷗，還是船帆。主教定睛觀看，心想：「是隻駛在我們後頭的小帆船吧，應該很快就會追上我們了。剛才還很遠，現在卻近在眼前。好像不是小船，看起來也不像是船帆，好像有什麼東西在後面追著我們跑。」主教一直無法弄清到底是什麼東西：船不像船、鳥不像鳥、魚不像魚。看起來像個人，但又太大了，人也不可能站在海中央。於是，主教起身走到舵手身旁問：「你看那是什麼？」

「弟兄，那是什麼？是什麼？」主教詢問時，自己也看到了——三位隱士在海面上行走，他們身上發著白光，銀白色的鬍子也閃閃發光，他們迅速地朝著大船這裡靠近，速度快得就好似正在接近一艘靜止不動的大船一樣。

舵手看到大吃一驚，棄了船舵，大聲呼喊起來：「天啊！隱士們在海上追趕我們，就如同在陸地上奔跑一樣！」人們聽到後，全都起來跑到船尾去觀看。大家都看到三位隱士手拉著手，在後面追趕——外側的兩個人揮著手，示意船停下來。三個人行於海面，如同在陸地上一般，雙腳並沒有擺動。

船還來不及停下來，隱士們就已經趕上。他們來到船舷之下，抬頭異口同聲地說：「上帝的僕人啊！我們忘了你的訓誨！我們複述的時候還記得，過了一小時沒有複習，落了一個字，就丟三落四全忘光了。我們現在一句話也記不得，請再教教我們吧！」

主教在胸前畫了個十字，彎下身子對隱士們說：「屬上帝的隱士們，你們的祈禱上帝已經聽到了。我不配再教導你們，請為我們這些罪人祈禱吧！」

主教向三位隱士叩首，於是三位隱士停下腳步，折了回去，沿著海面離開了。直到早晨，海面上三位隱士離開後所行經的路徑，都還看得見他們所遺留下的光輝。

主人與雇工[1]

何瑄 譯

[1] 本篇原作發表於一八九五年三月號《北方通報》雜誌。在藝術、音樂評論家斯塔索夫給托爾斯泰的大女兒蘇霍京娜的一封信中提到：「我們所有人，整個俄羅斯，也許還有整個歐洲，現在都貪婪地讀著令尊的〈主人與雇工〉這篇新作……真是個精雕的藝術品！」——俄文版編注

1

此事約發生在七〇年代冬季，聖尼古拉節[1]的第二天。教區正慶祝節日，鄉間旅舍主人二等商人[2]瓦西里．安德烈伊奇．布列胡諾夫必須前往教堂（他是教會長老），又得在家招待親朋好友，因此無法出遠門。等最後一批客人離開，瓦西里．安德烈伊奇便立刻收拾行囊，準備前往鄰村地主那裡購買一片早就談妥的小林地。他急於出發，以免城裡商人搶走這筆划算的交易。

由於瓦西里．安德烈伊奇已預付了七千盧布，那位年輕地主只開價一萬盧布便出售林地。七千盧布僅占這片林地價值的三分之一而已。他或許還想殺價，因為樹林就在他家周圍一帶，而他跟其餘鄉鎮商人早有約在先，誰都不能在別人的地盤哄抬價格。

[1] 聖尼古拉（Saint Nicholas, 約 270-343 年）為基督教聖徒，曾為米拉城（今土耳其境內）的主教，以樂善好施、保護兒童聞名，死後被封聖，並定其逝世日十二月六日為聖尼古拉節（俄國舊曆為十二月十九日）。

[2] 據當時制度，商人需按資本多寡區分等級。——俄文版編注

但瓦西里．安德烈伊奇也知道，省城的木材商想買下戈里亞奇金諾的林地，於是他決定立刻出發，與鄰村地主完成這筆交易。因此節日方過，他便從箱子裡取出七百盧布，再加上手頭的教會財產兩千三百盧布，湊成三千盧布。他反覆清點現金，小心放入皮夾內，準備出發。

當天，雇工尼基塔跑去套馬，因為他是瓦西里．安德烈伊奇所有雇工中唯一沒有喝醉酒的。尼基塔原本是個酒鬼，而他這天之所以沒有喝酒，乃是因為齋戒期的前一天，他把外衣和皮靴都拿去換酒喝了，因此他決定戒酒，至今已有一個多月沒碰酒了，在這節日的頭兩天他同樣滴酒不沾，儘管到處都是誘人的酒香。

尼基塔是個農民，年約五十，來自鄰近村落。人們都說他不善於當家，他大半輩子都不住家裡，而是在別人家當雇工。由於勤勞能幹、力氣大，最重要的是性格良善樂天，眾人對他的評價都不錯；然而，他在每一戶人家都待不久，因為每年總有兩次（甚至更多），他會喝個爛醉，不僅把身上所有財物拿去換酒，還會跟人挑釁、打架鬧事。

瓦西里．安德烈伊奇也曾多次趕走尼基塔，後來又把他找回來，不僅因為他性格老實且愛護家畜，最重要的一點是——工資低廉。這類雇工年薪一般為八十盧布，可瓦西里．安德烈伊奇只給尼基塔四十盧布，還不是一次付清，而是一點一點零星支付，且多半不給現金，改用店內商品高價抵付。

尼基塔的妻子瑪爾法原是個美麗活潑的女子，她操持家務，撫養一子二女，從不叫尼基塔回家，因為一來，她已經和一位木桶匠同居二十年（男方是外地人，寄居在他們家）；二來，儘管平時她可以任意使喚丈夫，可當他喝醉酒，她怕他就像怕火一樣。有一次，尼基塔在家裡喝醉酒，大約是想發洩平時所受的屈辱，他撬開妻子的箱子，取出最貴的長衫與連身裙，用斧頭將這些衣服全部砍成碎片。

尼基塔將工錢全數交給妻子，對此他並無異議。這回也是如此，瑪爾法在節日前兩天來瓦西里．安德烈伊奇這裡，拿走了白麵粉、茶、糖與八分之一升葡萄酒——共值三盧布，還領到五盧布現金，並為此道謝，彷彿得了莫大恩典。其實按最低薪資計算，瓦西里．安德烈伊奇該付二十盧布才對。

「難道我和你簽訂契約了嗎？」瓦西里．安德烈伊奇對尼基塔說：「需要什麼東西就拿去，可以做工抵償。我可不像別的雇主，要你等待、又要結算、又要罰款。我們都是老實人。你為我做事，我自然不會虧待你。」

瓦西里．安德烈伊奇說這話的時候，真心認為自己施予尼基塔莫大恩惠。他是如此能言善道，充滿說服力，所有受雇於他的人，自尼基塔開始，全都抱持著「主人不會欺騙，而是施予雇工恩惠」的信念。

「是的，我知道，瓦西里．安德烈伊奇。我會努力工作，就像為我父親賣命一樣。我完全了解。」尼基塔回答。其實他心裡十分清楚，瓦西里．安德烈伊奇是在騙他，可同時他又覺得，想跟主人算清帳目是沒用的，目前也沒有其他去處，主人給什麼就拿什麼吧。

此刻，主人吩咐套馬，尼基塔一如既往，高高興興地邁開兩條內八腿，精神抖擻、步履輕盈地走進棚子裡。他從掛釘處取下綴有流蘇的沉重皮製轡頭，敲得馬銜鉤環叮噹作響，然後走向緊閉的馬廄，裡頭單獨關著瓦西里．安德烈伊奇吩咐套繩的馬。

「怎麼了，小傻瓜？覺得無聊嗎？無聊嗎？」尼基塔說，回應馬兒歡迎般的輕聲嘶鳴。這匹單獨被關在馬廄的公馬身材中等、體格勻稱、臀部下垂，毛色深褐帶有黃斑。

「喂！還有時間，先給你喝點水。」他對馬說話的方式，完全像是跟人類說話一樣，並用前襟擦拭馬背中央一道磨得下凹、覆滿塵土的肥厚部位，再給年輕健美的公馬套上轡頭，拉出牠的雙耳與額鬃，取下籠頭套，牽牠去飲水。

黃斑馬小心地走出堆滿糞便的馬廄，玩鬧著抬起後腿，作勢要踢與牠一起跑去水槽的尼基塔。

「真調皮、真調皮！小淘氣鬼！」尼基塔說，知道黃斑馬只是用後腳輕碰他油膩膩的短皮襖，並不會真的踢下去，牠喜歡這樣玩鬧。

馬兒喝足了冰涼的水，吁了一口氣，甩動溼漉漉的厚唇，透明水珠便從唇邊鬍毛滴落到水槽裡，然後牠停住不動了，彷彿在思索事情，接著又突然大聲噴氣。

「不想喝就算了，之後可別跟我要啊。」尼基塔說，十分認真地向黃斑馬詳細說明自己的做法。而後又拉起韁繩，將滿院子噠噠蹦跳的歡快馬兒帶回棚子。

裡頭沒半個雇工，只有一個外來者——廚娘的丈夫，來這裡過節。

尼基塔對他說：「老兄啊，請你去問問要套哪部雪橇，大的或小的？」

廚娘丈夫走進蓋著鐵皮屋頂、抬高地基的主屋內。很快就回來說，先生吩咐套小的雪橇。尼基塔這時已給馬套上頸圈，綁好包釘的轅鞍，一手拿著輕型彩繪車軛，一手牽著馬，走向停放兩部雪橇的棚子。

「要套小的就套小的吧。」尼基塔說，將一直作勢咬他的聰明馬兒牽到轅木中間，在廚娘丈夫的協助下，開始套雪橇。

一切幾乎準備就緒，只剩下繫韁繩，尼基塔便派廚娘丈夫去棚子取乾草，再到倉庫拿粗布墊。

「好啦！喂，別耍脾氣了！」尼基塔說，一邊揉搓擺在雪橇內、廚娘丈夫拿來的剛脫粒的燕麥稈。「現在讓我們鋪上麻布，再蓋一層粗布墊……就是這樣、就是這樣，坐起來就舒服啦。」他邊說邊弄：「再把鋪在乾草上的粗布墊塞進座椅四周就可以了。」

「謝啦，老兄。」尼基塔對廚娘丈夫說：「兩個人一起弄快多了。」他分開皮韁繩尾端連接處的套環，坐上駕駛座，駕著迫不及待出發的良駒，從鋪滿結凍糞便的院子駛向大門。

「尼基塔叔叔，親愛的叔叔，叔叔啊！」一個七歲大的男孩，頭戴暖帽，身穿黑色短皮襖，腳上套著嶄新的白氈靴，匆匆從門廳[1]跑向院子，用尖細的嗓音在他後方大喊：「載上我吧！」他要求道，一邊跑，一邊扣緊皮襖。

「好，好，跑過來吧，小鴿子[2]。」尼基塔說，停下雪橇，讓主人家蒼白、瘦弱的

[1] 俄國農村房舍和古代城市房屋中，介於入門處和正室之間的小空間，用來掛外衣或換鞋之處，近似東方傳統建築的玄關。

[2] 對小男孩的愛稱。

男孩坐上雪橇——他笑容滿面、高興不已。然後駛到街上。

這時約莫下午兩點多，天氣嚴寒，氣溫零下十度，天色陰暗且刮著風。半片天空為低沉的烏雲所遮掩，外頭一片寂靜；街上風勢更強，吹落鄰家棚頂積雪，街角的公共澡堂附近還颳起了旋風。

尼基塔方駛出大門，就將馬轉向主屋台階的方向，此時瓦西里．安德烈伊奇嘴裡叼著菸捲，身披羊皮襖，腰帶緊緊束在下方，從門廳走到高高的台階上。階上覆滿堅實積雪，被他的鑲皮氈靴踩得嘎吱作響。他停下來，吸完煙，把煙蒂丟到地上踩熄，再從鬍子裡吐出煙圈，斜眼瞥向即將出發的馬兒，將皮襖領子塞進紅潤光潔的雙頰下方，以免呼出的水氣弄溼毛皮。

「瞧你這頑皮鬼，已經坐上雪橇了！」看見兒子坐在雪橇上，瓦西里．安德烈伊奇說。他才跟客人喝完酒，情緒亢奮，對自己所做的一切與擁有的事物感到格外滿意。他總在心裡把兒子喚作繼承人，此刻看著兒子的模樣，他感到無比高興，瞇起眼睛，露出長長的牙齒。

瓦西里．安德烈伊奇的妻子懷孕了，面容蒼白、體型瘦削，她用羊毛圍巾包著頭部與肩膀，只露出一雙眼睛。她送他出來，站在他後方的門廳裡。

「說真的，帶上尼基塔吧。」她說，怯怯地走出門外。

瓦西里．安德烈伊奇不予回應，顯然對她的話十分反感，不悅地皺起眉頭，吐了口口水。

「你身上帶著錢。」他的妻子繼續以哀怨的語氣說：「天氣又不好，說真的，帶他去吧。」

「怎麼？難道我不認識路，非得帶個嚮導才行嗎？」瓦西里．安德烈伊奇說。他不自然地努起嘴唇，像平時做生意的說話方式那般，每個音節的發音咬字無比清晰。

「唉，說真的，帶他去吧。我以上帝的名義求你了。」妻子又說一次，把圍巾裹得更為嚴密。

「簡直跟蒼蠅一樣煩人……我帶著他能去哪裡呀？」

「行了，瓦西里．安德烈伊奇，我準備好了。」尼基塔高興地說。「只是我不在的時候，請您叫人餵馬。」他轉頭對女主人說。

「我會注意的，尼基塔，我會吩咐西蒙。」女主人說。

「那就出發吧，如何？瓦西里．安德烈伊奇。」尼基塔說，等待主人下令。

「好吧，看來只能尊重老太婆的意見了。只是，既然要出門，你就得穿厚一點的外套。」瓦西里．安德烈伊奇說，又露出笑容，對著尼基塔那件腋下、背部與下襬皆有破洞，油膩膩、髒兮兮的短皮襖擠眉弄眼。

「喂——老兄！你來幫我拉著馬！」尼基塔對院子裡的廚娘丈夫高喊。

「我來！我來！」小男孩尖聲說道，兩隻凍得通紅的小手從口袋裡伸出來，抓住冰冷的皮轠繩。

「可別打扮太久，快一點！」瓦西里．安德烈伊奇大聲嘲笑尼基塔。

「馬上就好，瓦西里．安德烈伊奇先生。」尼基塔說，他穿著一雙補過鞋底的舊氈靴，迅速邁開內八腿，朝院子與工人宿舍跑去。

「喂！阿琳努什卡，把爐灶上那件長袍給我——我要跟主人出門！」尼基塔說。他跑進宿舍，從掛釘上取下寬腰帶。

廚娘睡過午覺，此刻正為丈夫準備茶炊；她歡欣地接待尼基塔，然而，她感覺尼基塔急著需要，便趕緊將擺在爐灶那烘烤的破爛呢長袍取下，迅速地抖一抖、揉一揉。

「這回妳可以跟丈夫好好遊玩了。」尼基塔對廚娘說。基於禮貌與好意，每次與別人單獨相處，他總要應酬幾句。

尼基塔環上那條破舊、細長的寬腰帶，縮起乾癟癟的肚子，用力束緊短皮襖。

「這就好啦！」他轉而對腰帶說話，將尾端塞進腰部。「這樣就不會掉下來了。」說完，他聳聳肩膀、活動雙臂、套上長袍、挺直背脊、托托腋下，讓手臂有更多伸展空間，接著從架子上取下手套。「這就行了！」

「你啊，尼基塔．斯捷潘內奇，最好換雙靴子。」廚娘說：「你那雙靴子太破了。」

尼基塔停頓了一會，彷彿才意識到這件事。

「確實如此……不過這樣也行，反正路又不遠。」於是他向院子跑去。

「你不會冷嗎？尼基塔？」當他走近雪橇時，女主人問。

「怎麼會冷？暖著呢！」尼基塔回答，把雪橇前端的乾草移過來蓋住底部，又把鞭子藏在乾草下方，因為良駒不需要靠鞭子抽打。

瓦西里．安德烈伊奇早就坐在雪橇裡，他穿著兩件皮襖，寬闊的背幾乎填滿整個弧形背板，他立刻抓起轠繩，催動馬匹。尼基塔在雪橇移動後跳上去，勉強坐在左前方，一條腿伸在雪橇外頭。

2

良駒拉著雪橇沿著村裡的結凍道路迅速前進，滑木發出輕微的嘎吱聲。

「你怎麼跟上來了？給我鞭子，尼基塔！」瓦西里．安德烈伊奇看見兒子坐在雪橇滑木後方，顯得很高興，叫道：「臭小子！小心我揍你！快回去媽媽那裡。」

小男孩跳下雪橇。黃斑馬加快腳步，打了個嗝，跑了起來。

瓦西里．安德烈伊奇所居住的十字村有六戶人家。當他們經過最後一戶人家，也就是庫茲涅佐夫家，便發覺風勢出乎意料地猛烈許多，幾乎看不清道路了。滑木的轍印立即被風雪掩埋，他們還能認出道路只是因其地勢較高。田野上空雪花飛舞，難以分清天與地的界線。平時清晰可見的捷利亞京基[1]森林，此刻透過飛雪，只能約略看見一團黑影。風從左邊吹來，將黃斑馬堅實肥壯的頸部鬃毛全部吹向一邊，並吹歪打了

[1] 在俄羅斯有許多以捷利亞京基（Телятинки）為名的地方，其中最容易讓人聯想到的是位在晴園（Ясная Поляна）西南方約三公里的一個村子；晴園是托爾斯泰的出生地、墓地，以及創作許多重要作品的居所，作家對鄰村捷利亞京基非常熟悉。——編注

單結的蓬鬆尾巴。尼基塔坐在迎風的那一側，長長的衣領緊貼著臉頰與鼻子。

「牠在這裡沒辦法跑，雪太深了。」瓦西里．安德烈伊奇說，對自己的良駒頗感驕傲。「有一次，我駕著牠去帕舒季諾，半個小時就到了。」

「──啥事？」因為領子遮掩沒聽清楚，尼基塔問。

「我說，上次去帕舒季諾，半小時就到了。」瓦西里．安德烈伊奇大喊。

「那還用說，這是匹好馬！」尼基塔說。

他們安靜了一會，但瓦西里．安德烈伊奇想聊天。

「那個，我說啊，你有沒有吩咐你老婆，別把酒拿給木桶匠喝。」瓦西里．安德烈伊奇依舊大聲說，深信尼基塔一定會高興與他這樣聰明又有身分地位的人談天，他對自己的玩笑話頗感得意，完全沒想過此話可能會讓尼基塔不痛快。

因為風聲，尼基塔又沒聽清主人說的話。

瓦西里．安德烈伊奇用清晰宏亮的聲音重述一次關於木桶匠的玩笑話。

「去他們的！瓦西里．安德烈伊奇，我才不管這些事。只要她不虧待我的孩子，隨他們去吧。」

「的確。」瓦西里．安德烈伊奇說：「嗯，那麼，明年開春你要不要買馬啊？」

他換了個新話題。

「不得不買啊。」尼基塔回答，捲起領口，將身體偏向主人。他對這個話題頗感興趣，不願漏聽半句。

「兒子大了，該自己耕地了，可現在我們還得雇馬。」尼基塔說。

「行吧，你把那匹瘦馬牽去，我算你便宜點！」瓦西里．安德烈伊奇叫道，談及熱愛的金錢買賣他就感到興奮，將全副心力投注其中。

「您要是給我十五盧布，我就去馬市買一匹。」尼基塔說，知道那匹瘦馬頂多值七盧布，可瓦西里．安德烈伊奇想賣他二十五盧布，如此一來，有半年時間他都別想從瓦西里．安德烈伊奇那裡拿到半分工錢。

「那是一匹好馬。我可是把你當作自己人看待。說句良心話，我布列胡諾夫從不占人便宜，我寧願自己損失，也不教別人吃虧。」他又用做生意時糊弄人的語氣喊道：「說真的，那可是一匹真正的好馬！」

「是啊。」尼基塔說，嘆了口氣，確認沒有值得細聽的內容，便豎起領子，直接遮住臉部與耳朵。

他們默默行駛約半小時。寒風從皮襖破洞的地方直吹進尼基塔的側身和手臂。他縮起身體，嘴唇掩在領子下呵氣，這樣就不覺得冷了。

「你覺得，我們要穿過卡拉梅雪沃還是直走？」瓦西里．安德烈伊奇問。

往卡拉梅雪沃的路上比較多人，兩邊都有清楚的路標，但是距離較遠；若是直走則距離近一些，但這條路罕有人行、缺乏路標，即使有也為雪覆蓋，看不清楚。

尼基塔想了一會。

「卡拉梅雪沃雖然遠一點，但是路比較好走。」他說。

「可是直走的話，只要過了谷地就不會迷路，那邊還有一片樹林可以擋風。」瓦西里．安德烈伊奇說，他想要直走。

「那就照您的意思吧。」尼基塔說，又鬆開領子。

瓦西里．安德烈伊奇便向前直行。約莫走了半俄里，他在一棵高大橡樹旁邊向左轉，樹上幾片枯葉在風中來回擺盪。

轉彎後，他們幾乎是逆風前進，空中還飄著雪花。瓦西里．安德烈伊奇駕著雪橇，鼓起雙頰，朝下對著鬍子吐氣。尼基塔則是在打盹。

他們這般默默走了約十分鐘，瓦西里．安德烈伊奇忽然開口說話。

「——啥事？」尼基塔睜開眼睛問道。

瓦西里．安德烈伊奇沒有回答。他彎低身子，前後張望。馬兒一步一步慢慢行走，由於頸部與腹股溝滿是汗珠，毛也鬈起來了。

「我問你啥事？」尼基塔又問。

「啥事，啥事！」瓦西里．安德烈伊奇氣沖沖地模仿他的腔調，說：「看不見路標了！我們應該是迷路了！」

「那就停下來，我去看看路。」尼基塔說，輕快地跳下雪橇，從乾草底下取出鞭子，朝左邊走去。

今年的雪積得不深，道路依然可見，然而有幾處的積雪深及膝部，落進尼基塔的靴子內。他邊走邊用雙腳和鞭子探索，卻沒能找到路。

「如何？」尼基塔又回到雪橇旁，瓦西里．安德烈伊奇問。

「這邊沒有路，得往那個方向看看。」

「前面有個黑黑的東西，你去那邊瞧瞧。」瓦西里．安德烈伊奇說。

尼基塔便朝那團黑黑的東西走去，原來是從裸露的秋播田吹過來的土壤灑落在雪地上，讓雪地呈現黑色。尼基塔又往右邊走了一會，然後回到雪橇邊，拍掉並抖落身軀與靴子裡的積雪，重新坐上雪橇。

「應該往右邊走。」他肯定地說：「風原本往我左邊吹，現在直接吹在我臉上。往右走！」他果斷下了決定。

瓦西里．安德烈伊奇聽從他的意見朝右邊駛去。可還是沒發現路。他們這樣走了一會，風勢並未減弱，天空又飄起雪花。

「瓦西里．安德烈伊奇，看樣子，我們完全迷路了。」尼基塔忽然開口，好似感到有趣。「這是什麼？」他問，指著雪地中豎立的一截黑色馬鈴薯莖葉。

瓦西里．安德烈伊奇勒住馬。馬兒渾身大汗，兩肋重重起伏。

「什麼？」他問。

「瞧我們闖進什麼地方了！我們走到札哈羅夫的田了。」

「你在胡說吧？」瓦西里．安德烈伊奇說。

「我可沒胡說。瓦西里．安德烈伊奇，我說的是事實。」尼基塔道：「從雪橇的聲音就能聽得出來——我們走在馬鈴薯田裡。那邊還有成片的馬鈴薯莖葉，這是札哈羅夫的田。」

「你看看，我們竟然跑到這裡來了！」瓦西里．安德烈伊奇說：「現在怎麼辦？」

「直走就是了，反正總會走出去的。」尼基塔說：「不是走到札哈羅夫家，就是到先生的莊園。」

瓦西里．安德烈伊奇聽從尼基塔的話，策馬行走。他們這般行駛許久，有時走在光禿禿的田裡，雪橇軋過結凍土壤發出巨大聲響；有時又駛在收割後的田地，一會兒經過秋播田，一會兒又經過春播田，透過積雪可以看見迎風搖擺的苦艾與麥稈；有時他們又駛入積滿厚雪、一片潔白的平原，除了皚皚白雪，不見他物。

雪花從天空飄落，有時又從地面揚起。馬兒顯然疲憊不堪，渾身大汗，鬈起的鬃毛蒙上一層冰霜，一步一步緩緩行走。忽然，牠失足跌落坑裡或溝裡。瓦西里．安德烈伊奇想要停下來，尼基塔卻對他喊道：「幹嘛要停下？我們走錯路了——必須離開這裡。嘿，親愛的！嘿，親愛的！」他用歡快的語氣對馬叫道，從雪橇裡跳出來，自己也落進溝裡。

馬兒使勁掙扎，立刻衝上結凍的土堤。顯然這是一條排水溝。

「我們到底在哪裡？」瓦西里．安德烈伊奇問。

「馬上就知道了！」尼基塔回答：「繼續走吧，總會走出去的。」

「那裡應該是戈里亞奇金諾的樹林吧？」瓦西里．安德烈伊奇問，指向前方飛雪掩映下的一片黑影。

「我們過去看看就知道了。」尼基塔說。

尼基塔看見那片黑影旁邊有乾枯的長條柳枝飄盪，便知道那不是樹林而是住家，可他不願說出來。果然，他們走了不到十俄丈，眼前便出現一排黑壓壓的樹木，並傳來一陣先前未曾聽聞的淒涼聲響。

尼基塔猜對了。這不是樹林，而是一排高挑的柳樹，枝上仍有幾片樹葉迎風擺盪，顯然種在曬穀場的水溝周圍。他們剛接近在風中哀鳴的柳樹，馬兒忽然高舉前腿，接著一躍而起，將雪橇拉往高處，再向左轉，便離開了深可沒膝的雪地，來到路上。

「終於到了。」尼基塔說：「可是不知道這裡是什麼地方。」

馬兒並未迷失方向，順著覆滿積雪的道路前進。他們走了不到四十俄丈，便看見穀倉籬笆的筆直黑影，屋頂覆蓋著一層厚厚的積雪，不停滑落下來。過了穀倉，道路轉而變成迎風方向，他們駛上一團雪堆。前面出現兩座小屋，中間夾著一條小巷，顯然，是風將雪片吹到路上積成雪堆，必須翻越這團雪堆才行。果然，越過雪堆，他們便來到街上。街尾一戶人家的院落還晾掛著幾件結凍的衣服，被風吹得劇烈擺盪：有兩件襯衣，一紅一白，還有褲子、裹腳布與一條裙子。其中，白色襯衣晃動得尤其劇烈，兩隻袖子在風中拚命揮舞。

「瞧，真是個懶女人，或許快死了，過節也不把衣服收起來。」尼基塔望著飄盪的襯衣說。

3

街頭依然刮著風，路也被雪封住，然而到了村子中央，風勢便平息了，氣氛變得溫暖和樂：其中一戶院落有狗吠叫；另一戶院落則是跑出一個婦人，用外衣包著頭，跨出家門，站在門檻上，看看路過行人；村中還傳來女孩的歌聲。

進了村落，風雪似乎小了點，氣溫也不復嚴寒。

「這不是格里施金諾村嗎？」瓦西里．安德烈伊奇說。

「正是。」尼基塔回答。

不錯，這裡正是格里施金諾村。他們偏離方向，走到左邊去，並且沿著錯誤方向走了大約八俄里，儘管如此，他們依然逐漸接近目的地。從格里施金諾到戈里亞奇金諾只有五俄里路。

他們碰見一個走在街道中央的高大男子。

「你們是什麼人？」這人攔住馬喝道，但立刻認出瓦西里・安德烈伊奇，便一把抓住轅木，順勢走到雪橇邊，跳上駕駛座。

瓦西里・安德烈伊奇認識這位名喚伊賽的農民，他是附近赫赫有名的頭號盜馬賊。

「啊，瓦西里・安德烈伊奇！您要上哪去啊？」伊賽說，滿嘴酒氣噴在尼基塔臉上。

「我們要去戈里亞奇金諾。」

「怎麼會走到這裡來呢？你們應該走馬拉霍沃才對。」

「是該這麼走，可天不從人願。」瓦西里・安德烈伊奇停下馬說。

「這是匹好馬。」伊賽說，一邊打量馬兒，動作嫻熟地將馬尾根部鬆脫的結繫緊。

「那麼，你們是不是要在這裡過夜？」

「不了，老弟，我們必須上路。」

「看樣子你們非走不可。這又是誰？啊！尼基塔・斯捷潘內奇！」

「還會是誰？」尼基塔回道：「那麼，親愛的朋友，我們該怎麼走才不會迷路呢？」

「怎麼會迷路？向後轉，沿著街道直走，出了村子同樣直走。別向左轉。等上了大道才向右轉。」

「上了大道往哪邊轉？走夏季道路還是冬季道路？」尼基塔問。

「走冬季道路。你駛出大道便會看見灌木林，灌木林對面有一個巨大並且帶有裝飾的橡樹路標——就在那裡轉彎。」

瓦西里．安德烈伊奇掉轉馬頭，沿著村莊街道離去。

「還是在這裡過夜吧！」伊賽在他們身後大喊。

瓦西里．安德烈伊奇沒有回應他，而是摸摸馬兒：總共五俄里平路，其中兩俄里需穿越樹林，看起來比較好走，而且，風似乎變小了，雪也停了。

他們沿著這條因往來車行而軋出來的馬路，其中有幾處新鮮的糞便讓路面看上去黑黑的，再次穿越街道後，經過那戶晾著衣服的院落，白襯衣已經掉落下來，只剩一隻結凍的衣袖掛在上頭。他們又駛到那排淒厲哀鳴的柳樹前，不知不覺間來到開闊的田野。暴風雪不僅沒有停息，反而顯得更強了。整條路都被雪封住，他們只能憑著路標，看出自己沒有迷路；可由於風是迎面吹來，導致前方路標難以辨識。

瓦西里．安德烈伊奇瞇起眼睛，低頭查看路標，同時鬆開韁繩讓馬自己走，希望牠會認路。馬兒確實沒有迷失方向，憑著腳下感覺，沿著曲折道路忽右忽左拐彎前進；

儘管風雪越來越強，路標仍持續可見，有時在右邊，有時在左邊。

他們這樣走了約十分鐘，馬兒前方忽然出現某個黑色物體，在飄斜紛飛的雪幕中移動——原來是同路的雪橇。黃斑馬已經趕上他們，還踢到前方雪橇的後座。

「超……啊——啊……超過他們！」雪橇上的人喊道。

瓦西里．安德烈伊奇開始超越他們。

那部雪橇內坐著三名男子與一名婦人，顯然要去別人家過節作客。其中一名男子用長樹枝抽打馬的臀部，上頭落滿了雪；另外兩名男子則是在前座揮舞雙臂、大聲叫嚷；婦人裹得嚴嚴實實，全身覆滿雪花，無精打采，動也不動地坐在雪橇尾端。

「你們從哪來的？」瓦西里．安德烈伊奇大聲問道。

「從阿——阿……來的！」只聽見這般回答。

「我說，你們從哪來的？」

「阿——阿……來的！」其中一個男人用盡全力大吼，可仍是聽不清楚。

「快跑啊！不能輸！」另一人大叫，不停用樹枝抽馬。

「看樣子是回來過節的吧？」

「走啊，走啊！快跑，希姆卡！超過他們！跑啊！」

兩部雪橇的側桿相互碰撞，差點勾在一起，好不容易才分開。三個男人駕駛的雪橇落後了。

對方那匹肚腩肥大、鬃毛蓬亂、全身覆滿雪花的馬兒，在低矮的車軛下方重重喘氣，竭力想要逃離樹枝的鞭打，可徒勞無功。牠邁動短腿沿著深厚積雪蹣跚前進，時而往上踢。從吻部可以看出這匹馬還很年輕，牠像魚一樣撅起下唇，鼻孔大張，雙耳因驚嚇而緊縮，在尼基塔肩旁停留幾秒鐘，逐漸落到後面。

「都是喝酒害的。」尼基塔說：「他們這樣虐待馬兒，簡直就是亞洲蠻子！」有好幾分鐘的時間，他們一直聽見那匹飽受折磨的馬兒的喘息聲與醉漢的叫嚷聲；後來馬的喘息聲逐漸消失，叫嚷聲也沉寂下來。除了耳畔呼嘯的風聲與雪橇滑木不時擦過光禿路面傳來的微弱咯吱聲外，周遭又恢復一片寂靜。

這次遇到其他路人，讓瓦西里．安德烈伊奇心情大好、備感振奮，他不再細查路標，而是更加大膽地催馬狂奔，將希望全寄託在馬兒身上。

尼基塔無事可做，這種情況下，他照例打瞌睡，補充睡眠。忽然，馬兒停下來，尼基塔身子向前一衝，差點沒摔下來。

「看樣子我們又走錯路了。」瓦西里．安德烈伊奇說。

「怎麼回事？」

「沒看見路標，想必又迷路了。」

「既然迷路了，就再去找路。」尼基塔簡短地說，起身跳下雪橇，輕快地邁開內八腿，在雪地行走。

他走了好一陣子，一會兒消失，一會兒出現，又再度消失——終於，他回來了。

「這裡沒有路，或許前面某處會有路。」他說著，坐上雪橇。

天色已開始變暗，風雪並未增強，也沒有減弱。

「假如能聽見那幾個男人嚷嚷就好了。」瓦西里·安德烈伊奇說。

「是啊，他們沒跟上來。我們應該是偏離得太遠了。說不定他們也迷路了。」尼基塔說。

「我們究竟該往哪走？」瓦西里·安德烈伊奇問。

「應該讓馬自己走。」尼基塔說：「讓牠帶領我們。韁繩給我。」

瓦西里·安德烈伊奇樂意無比地交出韁繩——儘管戴著保暖手套，他的手還是凍僵了。

尼基塔接過韁繩，只是輕輕抓握，避免用力晃動，對愛馬的聰慧頗感欣喜。果然，聰明的馬兒一會兒轉動左耳，一會兒轉動右耳，不停拐來拐去。

「牠只是不會說話。」尼基塔說：「瞧牠做得多好！走吧，走吧！就是這樣，就是這樣。」

風改由後方吹來，感覺不那麼冷。

「牠可真聰明。」尼基塔繼續稱讚馬兒：「吉爾吉斯馬雖然力氣大，但是很笨。而這匹馬，你瞧，耳朵轉來轉去的。有了牠，根本不需要電報，一俄里外的動靜牠都能察覺。」

走了不到半小時，前方果真出現一片黑影，不知是樹林還是村莊，右側也可看見路標。顯然，他們又回到大道上了。

「又回到格里施金諾了。」尼基塔忽然說。

確實，他們左邊又是那間穀倉，積雪自屋頂滑落下來；遠處依然吊著曬衣繩，上頭晾掛著結凍的衣服，襯衣與褲子在風中劇烈擺盪。

他們又回到街上，風勢再次平息下來，氣氛變得溫暖和樂；眼前依然是同一條髒兮兮的街道，耳畔依然聽聞相同的歌聲、說話聲與吠叫聲。天色已經暗了，有些窗內已經點亮燈火。

在街道中央，瓦西里．安德烈伊奇掉轉馬頭朝一座雙連棟大磚屋駛去，直到台階邊才勒住馬。

尼基塔走近窗邊。窗外堆滿了雪，屋內透出的燈光將飛舞的雪花照得閃閃發亮。尼基塔用鞭子敲敲窗。

「誰啊？」屋內有人回應。

「親愛的朋友，我們來自十字村，是布列胡諾夫家的人。」尼基塔說：「請出來一下。」

那人離開窗邊，過了一兩分鐘，傳來門廳的開門聲，接著是外門門閂開啟的聲響，一個身材高大、鬍鬚花白的老人探出身子來，他穿著節日的白襯衣，外頭披著一件短皮襖，手扶著門，以免被風闔上。他後方站著一個穿著紅襯衣與皮靴的青年。

「是你吧？安德烈伊奇？」老人問道。

「是啊，老兄，我們迷路了。」瓦西里．安德烈伊奇說：「本想去戈里亞奇金諾，卻跑到你們這裡來。我們又迷路了。」

「瞧你們這樣亂跑。」老人說：「小彼得，快去打開院子大門。」他轉頭對穿紅襯衣的青年說。

「行。」青年高興地回答，跑向門廳。

「喂，老兄，我們不過夜。」瓦西里．安德烈伊奇說。

「夜深了還要去哪？留下來過夜吧！」

「我們很樂意留下過夜，可有事必須得走啊。老兄，不能留。」

「那麼，至少進來烤個火暖暖身，喝點茶。」老人說。

「暖暖身子倒是可以。」瓦西里．安德烈伊奇說：「天已經黑了，等月亮升起，便能照亮地面。尼基塔，我們進去暖暖身子如何？」

「嗯，好啊，暖暖身子也好。」尼基塔說，他凍壞了，很想烤烤凍僵的手腳。

瓦西里．安德烈伊奇跟著老人一起進屋，尼基塔則是將雪橇駛入小彼得打開的大門內，按其指示，將馬兒牽入畜棚遮簷下。畜棚內滿是糞便，雪橇高聳的車軛勾住繩網，棲息其中的公雞母雞不悅地咯咯亂叫，爪子猛抓繩網；幾隻羊受了驚嚇，蹄子重重踩在結凍的糞便上，躲閃到旁邊；一隻狗兒又驚又怒，如同幼犬般對著陌生人死命吠叫。

尼基塔一邊繫馬，一邊對所有家畜說話：他向雞道歉，保證不再打擾牠們，又責備羊群不明就裡就大驚小怪，同時不停數落狗。「這下可好。」他拍掉身上的雪，說：「瞧你叫得這麼大聲！」他繼續對狗說：「你夠了！喂，夠了！笨狗，夠了！別給自己找麻煩。」他說：「我又不是小偷，是自己人啊……」

「牠們哪，如俗話所說，是三個管家。」青年說，使勁將露在外頭的雪橇往遮簷下推。

「怎麼說是管家呢？」尼基塔問。

「鮑爾森[1]的書裡寫道：小偷來，狗兒叫——提醒你，要當心；公雞啼——該起床；貓洗臉——貴客到，準備招待。」青年笑著說。

小彼得識字，幾乎能背誦他擁有的唯一一本書籍——鮑爾森的教科書。尤其像今天這樣喝了點小酒，他更是喜歡引用幾句應景的佳句格言。

「這倒是真的。」尼基塔說。

「你一定冷得不得了吧？大叔？」小彼得又問。

「是啊，沒錯。」尼基塔說。兩人穿過院子與門廳，走進屋裡。

---

[1] 鮑爾森（Iosif I. Paulson, 1825-1898），俄國著名教育家，出版許多俄語教科書與教學相關著作。

4

瓦西里．安德烈伊奇上門拜訪的是村裡最富裕的農家之一。這戶人家擁有五塊份地，還在旁邊租了一塊地；家裡養了六匹馬、三頭乳牛、兩頭小牛與二十隻綿羊。全家共二十二口人：四個兒子、四個兒媳、六個孫子（其中只有小彼得已婚）、兩個曾孫與三個養子。這種尚未分家的大家庭已很少見，然而家裡早已出現無聲的分裂（照例因女人而起），不久的將來勢必導致分家。老人有兩個兒子在莫斯科當運水工，另有一個去當兵。家裡現在住著老先生、老太太、當家的次子、媳婦、孫媳和孩子，長子從莫斯科回來過節；除了家人外，還有來作客的鄰居與孩子的教父。

屋內，餐桌上方吊著一盞帶有遮罩的燈，將下方的茶具、酒瓶、小菜與磚牆照得明亮。紅角[2]處掛著聖像，左右兩邊掛著聖像相關的圖像。瓦西里．安德烈伊奇身穿黑皮襖，坐在主位，一邊吸吮自己結凍的鬍子，一邊用鼓凸的鷹眼打量屋子與周圍的人；

[2] 紅角（красный угол），原文意為美麗的角落，是屋子裡最明亮的地方，通常面向東南，此牆角上安放聖像，其下置餐桌為招待貴客之所在，客人座位離聖像越近表示越受尊敬。

除了瓦西里．安德烈伊奇，桌邊還坐著禿頭、鬍鬚花白、身穿白色手織襯衣的老主人；老人旁邊坐著一個體格強健、身穿單薄印花襯衣的男子，那是從莫斯科回來過節的兒子；另一個兒子身材魁梧，是當家的長子[1]；還有一個身材瘦削的紅髮男子，那是鄰居。

男人們酒足飯飽，準備喝茶。茶炊放在爐灶旁邊的地上，已經滾得嗚嗚響。架高的板床[2]與爐灶上隱約可見孩子的身影。一名婦人坐在木板床上，旁邊放著搖籃。上了年紀的女主人滿面皺紋，就連嘴唇都乾癟發皺，她殷勤地招待瓦西里．安德烈伊奇。

尼基塔進屋的時候，她正往一個厚玻璃製的小酒杯倒伏特加，端給客人。

「請勿見笑，瓦西里．安德烈伊奇，必須喝一杯慶祝一下。」她說：「請用，親愛的朋友。」

眼前這副景象與酒的香氣強烈誘惑著尼基塔，尤其此刻他凍僵了、疲憊不堪。他

---

[1] 此處按照原文翻譯，前一段描述為次子當家，這一段卻變成長子當家——可能是原作當時校對未發現的錯誤。

[2] 俄國傳統農舍會運用爐灶與其靠近的對牆之間裝設架高的板床。

皺起眉頭，抖掉帽子與長袍上的雪花，對旁人視若無睹般，逕自來到聖像面前，畫了三遍十字並朝聖像行禮，然後轉過身來，先向年老的主人鞠躬，再朝桌邊所有賓客鞠躬，最後向站在爐灶邊的婦人們行禮，並說：「佳節快樂。」接著他開始脫衣服，不去看桌上的東西。

「大叔，你滿身是雪。」大兒子望著尼基塔沾著雪的臉、眼睛和鬍子，開口說道。

尼基塔脫下長袍，抖一抖，掛在爐灶上，然後走到餐桌前。主人也請他喝酒。尼基塔內心一番天人交戰——他差點就要接過酒杯，將芳香清澈的酒液倒入嘴裡。可他看了瓦西里．安德烈伊奇一眼，想起自己的誓言，想起拿去換酒喝的皮靴，想起木桶匠，想起了兒子——他答應開春後給他買一匹馬，遂嘆了口氣，拒絕了。

「非常感謝您，但我不喝酒。」他皺著眉頭說，在靠近第二扇窗戶的長凳上坐下。

「這是為什麼呀？」大兒子問。

「不喝就是不喝。」尼基塔說，垂眼望著自己稀疏的鬍鬚，取下融化的冰柱。

「他不可以喝酒。」瓦西里．安德烈伊奇說，吃著小麵包，乾了一杯酒。

「那就喝茶吧。」老太太親切地說：「我看你是凍僵了，可憐的孩子。我說媳婦啊，妳們怎麼燒個茶炊都慢吞吞的？」

「已經好了。」年輕的兒媳答道，用圍裙拂去從茶炊中溢出的水，費力地提起茶炊，砰地一聲放到桌上來。

與此同時，瓦西里．安德烈伊奇正講述兩人如何迷路、如何兩度回到同一個村落、如何繞來繞去尋路、又如何遇上那群駕駛雪橇的醉漢。主人們很驚訝，跟他們解釋迷路的地點與原因，還有那幾個醉漢的身分，並指點他們該如何走。

「從這裡到莫爾恰諾夫卡，就是小孩子都能走到，只要記得在大道轉彎就是了。那裡有一叢灌木，你們剛才沒走到那裡。」鄰居說道。

「你們就在這裡過夜吧。我讓媳婦給你們鋪床。」老太太說。

「你們明天一早再出發吧，留下來讓我們招待。」老人附和。

「不行啊，老兄，有事要辦！」瓦西里．安德烈伊奇說。「浪費一小時，一年也補不完。」思及其他商人可能搶先買下那片林地，他補充道。「我們到得了吧？」他轉而問尼基塔。

尼基塔久久不語，彷彿全神貫注在清除鬍鬚上的冰柱。

「可別又迷路了。」他悶悶不樂地說。

尼基塔悶悶不樂的原因在於他無比渴望喝酒，唯一能抑制欲望的方式只有喝茶，可茶還沒送來。

「我們只要抵達轉彎處就行了，到那裡就不會迷路了。接著一路穿越樹林就能抵達目的地。」瓦西里．安德烈伊奇說。

「隨便你，瓦西里．安德烈伊奇，要走就走吧。」尼基塔說，接過遞來的茶。

「我們喝了茶就出發。」

尼基塔不發一語，只是搖搖頭，小心翼翼地將茶倒入碟子裡，用熱氣烘烤因勞務而腫脹的手指，然後咬了一小塊糖，向主人家鞠躬致謝，說：「祝你們身體健康。」接著將熱茶一飲而盡。

「若是能送我們到轉彎處便再好不過了。」瓦西里．安德烈伊奇說。

「當然可以。」大兒子說：「讓小彼得套馬，送你們到轉彎處。」

「那就勞駕了，老弟，我先謝謝你啦。」

「噯，別客氣，親愛的朋友。」老太太親切地說：「我們打從心底高興。」

「小彼得，你去套馬。」大兒子說。

「行。」小彼得笑著說，立即從掛釘上取下帽子，跑去套馬。

在小彼得備馬時，眾人又聊回先前因瓦西里．安德烈伊奇上門而中斷的話題。老人向當村長的鄰居抱怨自家老三，沒寄給老父親任何過節禮，反而送妻子一條法國圍巾。

「現在的年輕人真不像話。」老人說。

「他們不像話，你也拿他們沒辦法。」坐在隔壁的孩子教父說：「現在的年輕人太厲害了。瞧那個傑莫奇金——連親生父親的手都給打斷了！現在的人都變得太厲害了。」

尼基塔聽著他們聊天，仔細端詳每個人的臉，顯然也想參與話題，但他忙著喝茶，只能贊同地點頭。他喝了一杯又一杯，身體越來越暖和，心情也越來越好。聊天話題始終圍繞著同一個主題，即分家的害處，且內容並非抽象泛論，而是這個家族的分家問題——次子開口要求分家，此刻他就坐在這裡，愁眉苦臉，沉默不語。顯然這是一個大問題，全家都很在乎，可因為有外人在場，他們礙於面子不談家事。可最後老人忍不住哽咽道，只要他還活著就不允許分家，感謝上帝讓他們家業興旺，若是分家，那所有人都會淪為乞丐。

「就說馬特維耶夫家吧，他們原本有棟房子。」鄰居說：「可分家以後，就什麼都沒了。」

「你也想這樣嗎？」老人問兒子。

兒子不吭聲，出現了尷尬的沉默局面。

小彼得已套好馬，幾分鐘前便回到屋裡，臉上始終帶著微笑。此刻他打破了沉默，開口說：「鮑爾森的書裡有個寓言。父親叫兒子們折斷掃帚，他們折不斷，可將掃帚拆成一根根枝條——就能輕易折斷。這事也一樣。」他說，嘴上依然掛著笑容。「雪橇套好了！」他補充道。

「既然套好了，那就出發吧。」瓦西里·安德烈伊奇說：「至於分家的事，老爺子你別讓步。家業是你賺來的，你可以作主。去找民事法官，他會指示你照法律處理。」

「脾氣就是這麼拗，就是這麼拗！」老人帶著哭腔說：「拿他沒辦法，整個人就跟著魔似的！」

此時，尼基塔已經喝完了第五杯茶，仍未把茶杯倒過來，而是放在旁邊，希望人家再給他添一杯。可茶炊已經空了，女主人並未給他加茶，瓦西里·安德烈伊奇也開始穿衣服了。沒辦法，尼基塔只能跟著起身，將啃了一圈的糖塊放回糖罐裡，用前襟擦拭臉上的汗，走去穿長袍。

他穿好衣服，重重嘆了口氣，向主人家道謝，並同他們告別，走出溫暖明亮的裡屋，來到黑暗冰冷的門廳，風聲斷斷續續地呼呼作響，雪花自抖動的門邊縫隙鑽進來，他從此處走向黑漆漆的院子。

小彼得穿著皮襖，跟他的馬兒一起站在院子中央，笑嘻嘻地朗誦鮑爾森書中的詩篇。他說：「黑暗風暴遮蔽天空，風雪漫天飛旋，蕭蕭風聲如野獸咆哮，又似嬰孩哇哭啼。」

尼基塔頗有同感地搖晃腦袋，解開了轡繩。

老人手提燈籠，將瓦西里．安德烈伊奇送到門廳，本想為他照路，可燈籠立刻被風吹熄。即便在院子裡都能感受到風雪變得更強了。

「唉，這爛天氣！」瓦西里．安德烈伊奇心想：「恐怕今晚到不了目的地，可有要事處理，沒辦法啊！再說一切都準備好了，主人家也套了馬。上帝保佑，讓我們順利抵達。」

老人也認為他們不該離開，他已勸過他們留下，可兩人不聽，再說也沒意思。「或許是我老了，膽子也變小了，他們會順利抵達的。」他想：「至少我們可以準時上床睡覺，少了件麻煩事。」

小彼得倒沒想過危險性，他熟知這一帶的道路與所有地形；此外，〈風雪漫天飛旋〉這首詩十分貼切地描寫了當下的戶外場景，也鼓舞了他。

尼基塔根本不想離開，但他早已習慣聽從別人發號施令，因此也就無人阻止他們上路。

5

瓦西里．安德烈伊奇走到雪橇旁，在黑暗中困難地辨識兩人所在之處，接著爬上雪橇，拿起韁繩。

「你走前面帶路！」他大喊。

小彼得跪坐在無座雪橇[1]內，策馬前進。黃斑馬嗅出前方有母馬，早就不停嘶鳴，跟在後頭猛衝，兩部雪橇便跑上街了。他們再度穿越相同的村莊與道路，經過那戶原本晾著結凍衣物，如今變得空蕩蕩的院落；而後經過穀倉，積雪幾乎已堆滿屋頂，不

[1] 一種沒有座位、造型低矮但尾端寬廣的俄國農家雪橇。

停滑落下來；他們經過發出悲鳴的垂柳，再次駛進那片上下翻騰的雪海。風勢十分猛烈，從側邊颳來時，將雪橇吹得傾斜，馬兒也給推向一邊，乘客只能逆風前進。小彼得精神抖擻地吆喝，駕著自己的良駒小跑前進，黃斑馬拚命跟在後頭。

如此走了十分鐘，小彼得轉過身來，嘴裡不知叫嚷著什麼。由於風勢過大，瓦西里．安德烈伊奇和尼基塔都沒聽見他的話語，但能猜到他們已經抵達轉彎處。果然，小彼得向右轉，原本側向吹來的風又變成迎面襲來，右方透過雪幕隱約可見一團黑影，原來是轉彎處的一叢灌木。

「到啦，祝你們順利！」

「謝了，小彼得！」

「黑暗風暴遮蔽天空。」小彼得高聲朗誦，接著身影便消失了。

「瞧，還是個詩人呢！」瓦西里．安德烈伊奇說，拉動韁繩。

「是啊，是個好小子，真正的男子漢。」尼基塔說。

兩人繼續趕路。

尼基塔裹緊衣服，將頭縮進肩膀，不算豐盈的鬍鬚遮住了脖子。他靜靜坐著，試圖保存方才在屋裡喝茶時獲得的溫暖。眼前兩根筆直的轅木，使他產生錯覺，以為自己走在平整壓實的道路上，他看著馬兒搖晃的臀部與歪向一邊的打結尾巴，還有前方高高的車軛與馬兒搖晃的腦袋、隨風飄揚的鬃毛。偶爾他會將視線投向路標，知曉他們依然沿著大道行走，然後便無事可做。

瓦西里．安德烈伊奇駕著雪橇，讓馬自己找路。儘管黃斑馬在村裡休息了一會，可跑起來依舊勉強，貌似又偏離了道路，瓦西里．安德烈伊奇不得不多次將牠導回來。

「瞧，右邊有一個路標，然後是第二個、第三個。」瓦西里．安德烈伊奇數道：「前面就是樹林了。」他看著前方那片黑影，心想。然而，他以為是樹林的黑影其實只是一叢灌木。他們經過灌木叢，又走了約二十俄丈，卻不見路標與樹林。

「現在應該要看到樹林才對。」瓦西里．安德烈伊奇想。他喝了酒與茶，情緒亢奮，因此並未停下來，反而不停揮動韁繩，溫馴乖巧的馬兒服從他的指揮，時而溜蹄[1]、時而小跑，按照他導引的方向前進，儘管知曉他引領的路線完全不正確。

又過了十分鐘，依然不見樹林。

「我們又迷路了！」瓦西里．安德烈伊奇說，勒住馬兒。

---

[1] 馬的一種步法，行走或慢跑時，同側兩腿同時提起再同時放下。

尼基塔默默爬下雪橇，揪緊被風吹得反覆緊貼、翻飛的長袍，在雪地裡來回爬動，一下走這個方向，一下又換其他方向，甚至三度消失蹤影。終於他回到雪橇旁，從瓦西里．安德烈伊奇手中接過韁繩。

「必須向右走。」他嚴厲而果決地說，掉轉馬頭。

「好，向右就向右。」瓦西里．安德烈伊奇說，交出韁繩，將凍僵的雙手縮進衣袖內。

尼基塔不回應。

「喂，朋友，加把勁啊。」他對馬喊道，可馬兒依然一步一步慢慢行走，毫不理會揮舞的韁繩。

有些地方的積雪深及膝部，雪橇隨著馬兒每一次的猛衝而顛簸跳動。

尼基塔拿起掛在前座的鞭子，抽了一下馬兒。馴良的馬兒不慣鞭笞，猛地向前衝，開始小跑，但很快又改回溜蹄與慢走。如此走了約五分鐘，天色無比漆黑，雪花漫天飛舞，有時連車軛都看不見；有時雪橇好似停在原地，只有原野向後倒退。

馬兒忽然停下，顯然察覺前方有異。尼基塔敏捷地跳下雪橇，丟掉韁繩，走到馬的前方，查看牠為何停下。他剛走到馬的前頭，卻雙腳一滑，從斜坡上滑下去。

「停！停！停！」他對自己說，試圖阻止自己下滑，卻無能為力，直到雙腳插入山溝底部厚厚的積雪，這才停下來。

斜坡邊緣的雪堆，受到尼基塔的衝擊，紛紛撒落在他身上，還有雪花落進他的衣領……

「真該死！」尼基塔斥罵雪堆與山溝，將落進衣領的冰雪抖出來。

「尼基塔——喂，尼基塔！」瓦西里．安德烈伊奇在上面叫。

尼基塔沒應聲。

他沒時間回答。他先抖掉身上的雪，然後去找滑落斜坡時弄丟的鞭子；他想從原本滑落的地方爬上去並找尋鞭子，可上不去。他繼續向下滑，或許能從下方找到回去山頂的路。他滑下三俄丈，然後四肢並用往上爬，好不容易才爬到山頂，沿著山溝邊緣走到了馬本應停留的地方。他並未見到馬兒與雪橇，可由於是逆風前行，還沒看見人影便先聽見瓦西里．安德烈伊奇呼喚他的聲音與黃斑馬的嘶鳴。

「來了，來了！叫什麼呀！」他說。

直到走近雪橇，他才看清馬兒與站在旁邊、身形顯得十分高大的瓦西里．安德烈伊奇。

「你跑去什麼鬼地方了？我們必須往回走，返回格里施金諾村。」主人怒氣沖沖地斥責尼基塔。

「我很樂意回去，瓦西里．安德烈伊奇。但是要怎麼走呢？這邊有道山溝，掉下去就別想爬出來了。我滑到那裡，好不容易才爬上來。」

「那怎麼辦？總不能一直停在這裡。我們得找個地方去。」瓦西里．安德烈伊奇說。

尼基塔不發一語。他背風坐在雪橇上，脫下靴子，抖落裡頭的積雪，再抓起一把乾草，試圖堵住左靴的破洞。

瓦西里．安德烈伊奇也不作聲，彷彿全權交給尼基塔決定。尼基塔穿上靴子，雙腿縮進雪橇裡，重新戴上無指手套，抓起韁繩，掉轉馬頭沿著山溝邊緣行走。可走了不到百步，馬兒再度停下來——前方又出現一道山溝。

尼基塔又爬下雪橇，在雪地裡找路。他走了許久，最後從反方向冒出來。

「安德烈伊奇，你還活著嗎？」他叫道。

「我在這裡！」瓦西里．安德烈伊奇回答：「情況如何？」

「什麼也看不清，太暗了！好像是一道山溝。又得迎風走了。」

兩人又上路了。尼基塔再次跳下雪橇，在雪地上行走……他爬上雪橇，再跳下來……最後氣喘吁吁停在雪橇旁邊。

「喂，怎麼了？」瓦西里．安德烈伊奇問。

「我實在沒力氣了，馬也不肯走。」

「那怎麼辦？」

「你等等。」

尼基塔再度離開，但很快就回來了。

「跟我來。」他說，繞到馬兒前頭。

瓦西里．安德烈伊奇不再發號施令，尼基塔怎麼吩咐，他就怎麼做。

「這裡，跟我來！」尼基塔大叫，迅速走到右邊，抓住轡繩，將黃斑馬拉往雪堆下方。

馬兒起初不肯走，後來往前猛衝，想要跳過雪堆，卻力不從心，結果陷入雪堆裡，直沒到頸圈。

「下來！」尼基塔對仍坐在雪橇上的瓦西里．安德烈伊奇叫道。接著，尼基塔抓住一邊轅木，把雪橇拉到馬兒跟前。「老弟，我知道很困難。」他對黃斑馬說：「可是能怎麼辦呢？加把勁！對了，對了，再來！」他叫道。

馬兒使勁掙脫，試了一兩次還是爬不出來，牠又坐回去，彷彿在思考。

「喂，老弟，這樣不行啊！」尼基塔教訓黃斑馬：「好！再來！」

尼基塔再次拉動身邊轅木，瓦西里．安德烈伊奇則拉另一邊。馬兒晃晃腦袋，驀地向前猛衝。

「喔！對了！別怕！不會掉下去的！」尼基塔叫道。

馬兒跳了一次、兩次、三次……終於爬出雪堆。牠站在原地，重重喘息，抖落身上雪花。尼基塔還想把馬往前拉，可身穿兩件皮襖的瓦西里．安德烈伊奇已經走不動了，他喘個不停，倒在雪橇裡。

「讓我休息一下。」他說，一邊解開了在村裡時繫在皮襖領子上的手帕。

「沒事，你躺著吧。」尼基塔說：「我來拉馬。」於是他拉著轡繩，將載有瓦西里．安德烈伊奇的雪橇向下拖行約十步距離，再往上走了幾步，然後停下來。

尼基塔停留的地方不是谷地，谷地往往堆積山上落下來的雪，可能將他們完全掩埋，而此處多少還有山溝邊緣可以擋風。風勢彷彿平息了幾分鐘，可沒多久，彷彿為了彌補這次休息的損失，暴風雪以十倍威力狂嘯席捲而來。

當瓦西里·安德烈伊奇休息完畢，爬出雪橇走近尼基塔，想問問他現在該怎麼辦時，這股風暴正好襲來。兩人不由得俯下身子，等這陣狂風過去再開口交談。黃斑馬也怏怏不樂地縮起耳朵，搖晃腦袋。待狂風一過，尼基塔便脫下手套，塞進腰帶裡，然後朝手心呵了口氣，動手解開綁在車軛上的韁繩。

「你這是在做什麼？」瓦西里·安德烈伊奇問。

「還能做什麼？把馬卸下來啊。我已經沒力氣了。」尼基塔帶著歉意回答。

「難道不能繼續走嗎？」

「不行，這麼做只會累死馬兒。瞧這可憐的東西，已經不行了。」尼基塔說，指著站在旁邊、喘著粗氣、渾身大汗的溫馴馬兒。「得在這裡過夜了。」他重複道，彷彿準備在旅舍過夜般，動手解開軛繩。

頸圈夾扣解開了。

「我們不會凍死吧？」瓦西里·安德烈伊奇問。

「能怎麼辦？凍死就凍死了。」尼基塔說。

6

瓦西里．安德烈伊奇穿著兩件皮襖絲毫不覺得冷，尤其是在雪堆裡一番折騰之後。然而當他意識到真的要在這裡過夜時，後背不禁泛起一絲寒意。他坐在雪橇上，掏出菸捲與火柴，試圖讓自己平靜下來。

此時，尼基塔正在卸馬，他鬆開肚帶與背帶、解下韁繩、摘掉皮環[1]、拔下車軛，同時不停跟馬兒說話，鼓勵牠。

「喂，出來，出來。」他說，把馬兒拉出轅木。「我們把你繫在這裡。我會給你乾草，並且取下馬銜。」他邊說邊做：「你吃點草，心情就會好起來了。」

可黃斑馬並未因此平靜下來，牠顯得緊張不安，不停換腳站立，身體緊貼雪橇，轉過來背對著風，用腦袋磨蹭尼基塔的衣袖。

尼基塔將一捆乾草塞到黃斑馬的鼻子底下。黃斑馬看似不想辜負尼基塔的好意，從雪橇裡猛地叼起一小捆乾草，可當下又覺得現在不是吃草的時機，遂把它丟了。乾

[1] 皮環（гуж），連接轅木與馬頸圈的套具。

草瞬間被風吹散，掩埋在雪裡。

「現在我們來做記號。」尼基塔說，將雪橇轉為正面迎風，再用背帶綁住轅木，豎起來，緊靠在雪橇前座上。「萬一我們被雪埋住，好心人看見轅木，就會把我們挖出來。」尼基塔說，然後拍拍兩隻手套並戴上。「老人家教導的知識。」

與此同時，瓦西里．安德烈伊奇解開皮襖，裹緊前襟，在鐵盒子上劃了一根又一根的硫磺火柴，可他雙手顫抖，有的火柴不是沒點著，就是在接近菸捲時被風吹熄了。終於，有根火柴完全點燃，瞬間照亮他的皮襖、他彎曲食指上戴著金戒指的手，以及粗布墊下露出來、覆滿了雪的燕麥稈。他點燃菸捲，貪婪地深吸兩口，將煙霧吞下去再從鬍子裡吐出來，他還想多吸幾口，可菸捲被強風吹走，飛向乾草散落之處。

然這幾口煙足以使瓦西里．安德烈伊奇振奮起來。

「過夜就過夜吧！」他堅定地說。

「你等等，我還要做一面旗子。」他說，撿起剛才從領子上解下來、丟在雪橇裡的手帕。他脫下手套，站在雪橇前座上，伸長雙手，將手帕打了個緊緊的結，牢牢繫在轅木旁邊的背帶上。

手帕頓時劇烈飄動起來，忽而緊緊貼附轅木，忽而又鼓脹開來，發出啪啪聲響。

「瞧，多妙啊。」瓦西里．安德烈伊奇說，欣賞完自己的傑作，又坐回雪橇裡。「坐在一起更暖和，可惜塞不下兩個人。」他說。

「我自己找地方。」尼基塔回答，又加上一句：「不過得先把馬遮起來，這可憐的東西出了一身汗。讓我過一下。」他走近雪橇，從瓦西里．安德烈伊奇身下抽出粗布墊。

他將粗布墊折為兩層，解下鞦帶並摘掉轅鞍，再把粗布墊蓋在黃斑馬身上。

「這樣會暖和些，小傻瓜。」他說著，重新給馬套上鞦帶與轅鞍。

尼基塔做完這些事，又走回雪橇邊，開口說：「您不需要麻布吧？給我一些乾草。」

他從瓦西里．安德烈伊奇身下抽出麻布與乾草，走到雪橇後方，在雪地裡挖一個坑，鋪上乾草，壓低帽子，裹緊長袍，再罩上麻布，坐在鋪好的乾草上，身子緊緊貼著雪橇背板，以此阻擋風雪。

瓦西里．安德烈伊奇對尼基塔的做法不以為然地搖搖頭——每當他看見農民愚昧無知的行為時，總是不贊同地搖頭。接著他也開始安頓過夜事宜。

他把剩下的乾草鋪平，腰部的地方墊得厚一些，接著雙手縮進衣袖，頭部靠在雪橇前座角落，以此擋風。

他還不睏。他躺在那裡，內心想的始終是同一件事，他人生唯一的目標、意義、快樂與驕傲——就是他擁有多少錢，未來還能再賺多少；他所認識的朋友擁有多少錢，又是如何賺得這些財富，他能否像這些人一樣賺更多的錢。買下戈里亞奇金諾的林地，對他而言具有重大意義。他希望透過這片林地買賣，立即獲得約一萬盧布的利潤，他在腦中估算林地的價值——秋季時他清算過兩俄畝面積的樹木總量。

「橡樹可以做雪橇滑木。當然得自己採伐，每俄畝約能獲得三十俄丈的木材。」他自言自語：「換句話說，每俄畝至少能賺到兩百二十五盧布。五十六俄畝的林地：五十六乘以一百加上五十六乘以一百，再加上五十六乘以十，再加上五十六乘以十，再加上五十六乘以五。」他算出總數是一萬兩千盧布，可沒有算盤，無法算出確切數字。

「我不會出一萬盧布，八千倒還可以，但要扣除林中空地。我得賄賂土地測量員——給個一百或一百五十盧布，讓他幫忙減去五俄畝的空地，這樣對方就願意以八千盧布的價格賣給我。現在先付三千盧布現金，或許就能打動他。」他想，用手臂碰碰口袋內的皮夾。

「天知道我們怎麼會在轉彎處迷了路！樹林與護林員的小屋應該在這裡才對。應該能聽見狗吠聲才是。這些該死的畜生，該叫的時候不叫。」他翻下領子豎耳傾聽，然而自始至終只聽見呼嘯的風聲、手帕拍打轅木發出的啪啪聲與雪落在雪橇木板的敲擊聲。他重新遮住耳朵。

「早知如此，就留在那裡過夜。噯，反正結果都一樣，明天才會抵達，只是多花一天時間而已。這種天氣他們也不會去的。」他想起九號得去肉販那裡收閹羊的錢。「他打算自己過來交錢，可碰不到我——我老婆又不會收錢，她程度太低了，連接待客人都不會。」他又想起昨日過節，妻子竟然不會接待來家裡作客的警察局長。「當然了，婦道人家嘛！她見過什麼世面？爸媽在時，我們家以前是什麼樣子？我父親那一輩勉強算是富裕農家，全部家產只有一座磨坊與一間旅舍。這十五年來我做了多少事？開了一家鋪子、兩間小酒館，擁有一座磨坊與穀倉，還有兩座出租莊園與一棟帶有穀倉、鐵皮屋頂的住宅。」他自豪地想：「和我父親在世的景況可大不相同！如今誰是這一帶鼎鼎有名的人物？是我，布列胡諾夫。」

「為何如此？因為我一心拚事業，力求上進，不像旁人只會睡懶覺或做傻事。我徹夜不眠地工作，不顧風雪照樣出門。事業就是這樣拚出來的。旁人以為耍耍嘴皮子就能賺錢，沒有這回事，你得花費心思並付出勞力。瞧，還得在田野裡過夜，睡不著覺，滿腦子東想西想，輾轉反側。」他驕傲地想：「旁人以為成功只能靠運氣。瞧，米隆諾夫成了百萬富翁，為什麼呢？就是靠努力，上帝自然會給予獎賞。願上帝保佑我身體健康。」

思及自己也能像米隆諾夫那樣，從一無所有躍升為百萬富翁，瓦西里．安德烈伊奇激動不已，很想找個人訴說一番，可惜沒有對象……若是到了戈里亞奇金諾，他就能跟那個地主聊天、大肆吹噓了。

「瞧，風勢多強！到了早上我們就會被雪埋住，爬不出來。」他聽著狂風呼號，一邊在心裡想。狂風把雪橇前座吹得翹起來，雪花拍擊木板發出聲響。他起身環顧四周，在一片白茫茫的昏暗中，只見黃斑馬黝黑的腦袋、背上覆蓋的粗布墊隨風翻飛與蓬亂糾結的尾巴。四面八方，到處都是相同的白茫茫昏暗色調，有時明亮一些，有時變得更加深濃。

「我真不該聽尼基塔的話。」他想：「應該繼續走，總能走到什麼地方，就是回格里施金諾，在塔拉斯家過夜也好啊。現在只能通宵坐在這裡。嗯，我剛才在想什麼？對了，上帝會獎賞勤勞的人，而非懶鬼、傻瓜或混吃等死之徒。對了，我得抽根煙！」

他坐起身，掏出煙盒，伏低身子，用前襟擋住風，可風還是找到空隙鑽進來，吹熄一根又一根火柴。終於他想辦法點燃了一根火柴，點上菸捲抽起來。成功完成這項任務，他感到十分高興。儘管風吹掉的煙比他吸進去的還多，可他還是吸到兩三口煙，心情又高興起來了。他重新挨著雪橇背板，裹緊衣服，開始胡思亂想，忽然間，他便失去了意識，打起瞌睡來。

突然，好似有東西猛地推了他一下，把他驚醒了。不知是黃斑馬扯動他身下的乾草，或是他自身因素——總之他醒過來了，心臟急速而劇烈地怦怦跳動，甚至感覺身下雪橇也在晃動。他張開眼睛。周遭景色依然不變，只是較為明亮些。「天色變亮了。」他想：「應該快要早上了。」但他立刻想到，天色開始變得明亮，只是因為月亮升起來了。

他支起身，先回頭看看馬。黃斑馬渾身瑟縮，依舊背著風站在那裡；背上的布墊覆滿了雪，滑向一邊，鞦帶也跟著歪向一邊，額頭與頸部的鬃毛沾滿了雪，隨風飄揚。

瓦西里．安德烈伊奇俯身看向雪橇後方。尼基塔依然保持同樣姿勢坐在原地，身上的麻布與雙腿皆覆蓋一層厚厚的雪。「這傢伙不會凍死吧！他的衣服太單薄了，我得為他的性命負責呢。怪不得百姓愚昧，實在缺乏教育啊！」瓦西里．安德烈伊奇暗忖。他想取下馬兒身上的布墊，蓋在尼基塔身上，可要起身移動又覺得太冷了，況且這麼做，馬兒恐怕也會凍死。

「我為什麼要帶他來呢？都怪那愚蠢的女人！」瓦西里·安德烈伊奇想到他那討人嫌的妻子，又翻身躺回原位。「有一次我的叔叔也在雪地裡待了一晚，平安無事。」他回想道，隨即又想起另一件事：「不過，那次別人把謝瓦斯吉揚挖出來時，他已經死了，全身僵硬，就像冷凍的屠宰肉一樣。如果留在格里施金諾過夜就好了，什麼問題都沒有。」

他努力裹緊皮襖，藉此維持體溫不致散逸，使脖頸、雙膝與腳底都能保持溫暖。他閉上眼睛，試圖入睡；可無論他如何嘗試，就是睡不著，反而覺得情緒亢奮、精神十足。他又開始計算獲利與別人欠他的債務，自吹自擂，對自己的身分地位感到洋洋得意——然而這種情緒不時為潛入內心的恐懼與為何不在格里施金諾過夜的懊惱所打斷。

「若是能躺在長凳上睡覺該有多好，可暖和了。」他躺在雪橇前座翻來覆去，試圖找到一個比較舒服的姿勢，少吹點冷風，可怎麼躺都不舒服。他又起身換了個姿勢，裹住雙腳，閉上眼睛，靜下心來；可不是穿著厚重氈靴的蜷曲雙腿隱隱作痛，就是寒風吹在某個部位覺得不舒服。他躺了一會，又懊惱地想，自己原本可以安安穩穩睡在格里施金諾的溫暖小屋裡，於是又坐起來，翻了個身，裹緊衣服，重新躺下。

有一次，瓦西里．安德烈伊奇彷彿聽見遠方傳來公雞啼聲，他很高興，翻下領子，凝神細聽；可無論他多仔細聆聽，除了轅木間呼嘯的風聲、手帕飄動聲響與落雪打在雪橇木板的撞擊聲外，絲毫不聞其他聲響。

自晚上起，尼基塔便一直坐在原地，動也不動。瓦西里．安德烈伊奇喚了他兩次，他都沒應聲。「他倒是毫不擔心，應該睡著了吧。」瓦西里．安德烈伊奇懊惱地想，透過雪橇背板望向身上堆滿厚重積雪的尼基塔。

瓦西里．安德烈伊奇反覆起身躺下了二十次。他覺得這個夜晚漫長得沒有盡頭。「現在應該快天亮了吧。」有一次他心想，便起身四下張望。「讓我看看錶。可解開衣服會受凍的。不過，只要知道天快亮了，就值得慶幸。我們可以開始套馬。」瓦西里．安德烈伊奇心裡知曉，不可能這麼快天亮，可恐懼感益發強烈，他既想知道時間，又想欺騙自己。

他小心翼翼解開皮襖扣環，手伸進懷裡摸了好一陣子，才找到背心。好不容易他掏出一隻琺瑯裝飾的銀錶，可沒有光什麼也看不見。他又如同先前抽菸那樣伏低身子，手肘與膝蓋撐地，取出火柴盒，開始點火。這回他動作比較熟練，摸到一根磷皮[1]最大的火柴，第一下就點著了。他把懷錶送到火光底下，看了一眼，幾乎不敢相信自己的眼睛……才十二點十分。還有大半個夜晚呢。

「哎呀！夜真長啊！」瓦西里．安德烈伊奇想，感到背脊掠過一絲寒意。他重新扣上皮襖，裹緊身子，緊緊縮在雪橇角落，打算繼續耐心等待。忽然，從單調的風聲中清楚傳來先前未曾聽聞的動物嚎叫。聲音越來越響亮，變得無比清晰，然後又逐漸減弱。毫無疑問，這是狼的叫聲。而這頭狼就在附近，牠移動上下頷發出的不同叫聲，透過風聲清晰可聞。

瓦西里．安德烈伊奇翻下領子，仔細聆聽。黃斑馬動了動耳朵，同樣緊張地聽著，等狼的嚎叫聲平息了，牠才換腳站立，警惕地用鼻子噴氣。之後，瓦西里．安德烈伊奇不僅無法入睡，還變得更加不安。儘管他努力計算，思考他的事業、名譽、尊嚴與財富，恐懼卻逐漸占據心頭，最後滿腦子只有一個念頭壓過諸多紛亂思緒——他為什麼不留在格里施金諾過夜。

[1] 磷皮為火柴頭的發火介質。

「去他的樹林！沒有那片林地我也能活。唉，應該留在那裡過夜的！」他自言自語：「聽說，喝酒的人容易凍死。」他想：「而我喝了酒。」於是他仔細感受身體變化，覺得自己開始發抖，卻無法知道是出於寒冷抑或恐懼。他試著像先前那樣蒙頭躺下，可做不到。他躺不住，想要起身找點事情做，以此消除內心逐漸滋長偏又無力克服的恐懼。他又掏出菸捲與火柴，可火柴只剩下三根，而且都有瑕疵，摩擦火柴頭卻無法點燃。

「啊！見鬼了，該死的東西，滾遠一點！」他罵道，可自己也不知道在罵誰，順手扔掉揉皺的菸捲。他本想扔掉火柴盒，猶豫了一下又把它塞回口袋裡。他內心無比焦躁，無法待在原地。他爬出雪橇，背風站立，重新束緊腰帶，繫得又低又緊。

「何必躺在這裡等死？騎馬離開就好了。」他腦中忽然閃過一個念頭。「有人騎在背上，馬就會走了。那他呢？」他想到尼基塔。「他死了也沒差。他的人生糟糕透頂，沒有什麼捨不下的。而我呢，感謝上帝，活得可有意義了……」

於是他解下馬兒，把韁繩套在牠脖子上，想要跨上去，但皮襖與靴子太重，沒能成功；接著他站上雪橇，想從雪橇跨到馬上，但雪橇因為他的重量而傾斜，他又滑下來了；到了第三次，他把馬拉近雪橇，小心翼翼站在雪橇邊緣，終於讓肚子橫臥在馬背上，如此俯臥了一會兒，他努力向前抬，試了一次、兩次，一條腿終於跨過馬背，他坐直身子，雙腳頂著直向的皮鞦帶。晃動的雪橇驚醒了尼基塔，他抬起身來，讓瓦西里．安德烈伊奇以為他開口說話了。

「要我聽從你這種傻子的話，白白在這裡送命嗎？」瓦西里．安德烈伊奇叫道，將被風掀起的皮襖前襟稍稍塞入膝蓋下方，接著掉轉馬頭，催牠離開雪橇，朝他認為是樹林與護林員小屋的方向奔去。

7

尼基塔身上蓋著麻布，一直坐在雪橇後方，動也不動。他像所有靠天吃飯且認分的人們一樣很有耐性，能夠靜靜等上數小時，甚至數日，既不感到煩躁也不覺得惱怒。他聽見主人在叫他，可他沒應聲，因為他不想動，也不想回答。儘管喝過熱茶又在雪堆裡爬上爬下、大量活動，身體仍有點熱；但他清楚這點溫度維持不了多久，也沒力氣再靠活動暖身，因為他太疲倦了，像一匹累壞的馬，無論鞭子如何抽打，就是不肯前進半步；主人必須餵牠一點飼料，才能繼續工作。

尼基塔那隻穿著破靴的腳凍僵了，大腳趾已經失去知覺；此外，他覺得全身越來越冷。思及自己極有可能會在今夜死去，他並不覺得特別難過或恐懼：因為他這輩子難得過到好日子，總是不停為別人工作，感到十分疲憊；除了他現在所伺候的瓦西里．安德烈伊奇這類主人外，他感覺自己這一生的際遇總是取決於上主，是祂送他來到人世，他知曉自己死後仍將歸其管轄，而這位公正的上主不會使他蒙受委屈。「要拋下習慣的生活真可惜啊，但是能怎麼辦呢？總得適應新生活啊。」

「罪孽嗎？」他想起過往浪費金錢的酗酒行為、虐待妻子、罵人，不上教堂、不守齋戒及懺悔時神父訓斥他的話。「當然，這些都是罪孽。不過，難道是我放任自己變得如此嗎？顯然是上帝把我造成這副模樣。唉，罪孽啊！該怎麼辦才好？」

起初他還想著自己今晚可能會遇難，後來便不再糾結於這個念頭，而是沉湎於腦中浮現的種種回憶。他時而想起瑪爾法的到來、酗酒的雇工與戒酒的自己；時而又想起這次的出行、塔拉斯的小屋與分家的談話內容；時而又想起自己的兒子與披著布墊保暖的黃斑馬；時而又想起此刻正躺在雪橇裡翻來覆去、弄得雪橇咯吱作響的主人。

「硬要連夜趕路，我想他現在大概也後悔了吧。」尼基塔心想：「像他那樣享福的人絕不願意就這麼死去。跟我們這種人可不同。」種種回憶交織在一起，在腦中混成一團，於是他睡著了。

瓦西里．安德烈伊奇騎上馬時，晃動到雪橇，推開了尼基塔原本倚靠的背板，滑木還打到他的背部，使他驚醒過來，不得不改變原本的姿勢。他困難地伸直雙腿，拍掉上頭積雪，站起身來，一陣刺骨寒意立刻滲透全身。他明白發生了什麼事，希望瓦西里．安德烈伊奇將馬兒用不著的粗布墊留給他，讓他裹在身上，於是他開口，高聲說了這句話。

可瓦西里．安德烈伊奇沒有停下來，消失在一片雪霧中。

尼基塔一個人留在原地。他思考了一下該怎麼辦。他覺得沒力氣再去尋找一個棲身之處，也無法坐回原地，那裡已經積滿雪了。他覺得雪橇裡也不暖和，因為沒有東西可以蓋，他的長袍與皮襖完全無法禦寒，他冷得好似只穿了一件襯衫，感到十分害怕。「上帝啊，天父啊！」他叫道，感覺自己並不孤獨，仍有人在聆聽他說話，並未拋下他，這個念頭安慰了他。他深深嘆了口氣，沒有取下頭上的麻布，逕直爬進雪橇，躺在主人原先的位置上。

但在雪橇裡怎麼也暖不起來。起初尼基塔渾身發抖，後來寒顫過去，他逐漸失去知覺。究竟是死了抑或睡著而已——他不知道，但他覺得不管是哪一種結果，自己都能坦然以對。

8

此時，瓦西里．安德烈伊奇正用雙腳與韁繩末端驅策馬兒，朝他認為是樹林與護林員小屋的方向奔去。雪花封住了他的雙眼，強風彷彿要阻擋他前進，可他壓低身子，不斷裹緊皮襖，將下襬塞在身體與妨礙他騎乘的冰冷韉鞍之間，同時不停趕馬。馬兒儘管吃力，依然溫馴地朝他指示的方向一步步前進。

走了五分鐘左右（他自認為直線行進），除了馬頭與白茫茫的雪原外，什麼也看不見；除了穿過馬耳與皮襖領口的呼嘯風聲外，他什麼也聽不見。

忽然前方出現一團黑影，他的心快樂地怦怦跳。他朝黑影的方向前進，好像已經看見村舍的牆壁。可這團黑影並非靜立在原地，而是不停晃動，原來那不是村落，而是高高長在田埂上的艾草。這叢艾草豎立在雪地上，為狂風吹得劇烈搖擺、倒向一邊，發出沙沙聲響。不知為何，這叢飽受狂風肆虐的艾草使瓦西里·安德烈伊奇打了個冷顫，他連忙策馬前進，並未注意到自己接近艾草時改變了方向，如今馬兒完全朝向另一邊，而他依然以為自己正往護林員小屋走去。然馬兒總是想往右走，因此他時時都要將馬轉向左方。

前方又出現一團黑影。他很高興，滿心以為這回一定是村莊，結果又是長著艾草的田埂。同樣又是一叢高高的乾枯野草在風中死命搖擺，使瓦西里·安德烈伊奇莫名地心生恐懼。這不僅是相同的野草，周圍還有被雪覆蓋的馬蹄印。瓦西里·安德烈伊奇勒住馬，彎下身仔細察看：這確實是覆著薄薄積雪的馬蹄印，而且不是別人的，正是他自己的。顯然，他一直在附近繞圈子。

「這下完了！」他想。為了避免陷入恐慌，他更加用力地策馬前進，注視著一片白茫茫的雪霧，他彷彿看到許多光點，可細細凝視，光點又隨即消失。有一次他似乎聽見狗吠或狼嚎聲，可聲音是如此微弱、模糊，他不確定自己是真正聽見了聲音抑或只是幻覺而已，於是他停下馬，凝神細聽。

忽然，耳邊響起一陣震耳欲聾的可怕叫聲，他身下的一切開始顫動起來。瓦西里．安德烈伊奇連忙抓住馬的頸部，可馬兒的頸部也在顫抖，叫聲變得更加恐怖。有幾秒鐘的時間，瓦西里．安德烈伊奇搞不清發生了什麼事，原來是黃斑馬為了給自己壯膽或呼救所發出的響亮嘶鳴。

「呸！你這頭死馬！嚇死我了！該死的東西！」瓦西里．安德烈伊奇自言自語。即便知道了恐懼的真正原因，他依然無法消除內心恐懼。

「我得鎮定下來，好好思考。」他對自己說，可他無法克制，不停趕馬前進，也沒注意到自己現在不是逆風而是順風行走。他的身體，尤其是暴露在寒風中、直接碰觸韉鞍的雙腿，凍得冰涼、疼痛不已；他呼吸急促、斷斷續續，手腳頻頻發抖。他看見自己消亡於這片可怕的雪原中，毫無挽救辦法。

忽然，胯下馬兒砰地一聲栽倒了，陷入雪堆裡，牠用力掙扎，最後橫倒在地上。瓦西里．安德烈伊奇跳下馬，過程中一腳將鞦帶踢到一邊，又弄歪了原本套好的韉鞍。他剛下馬，馬兒便站起身，向前猛衝，跳了兩下，接著又嘶鳴起來，拖著粗布墊和鞦帶一溜煙跑走了，將瓦西里．安德烈伊奇獨自留在雪堆裡。

瓦西里．安德烈伊奇連忙追上去，但積雪如此深厚，身上的皮襖又是如此沉重，他每走一步，腿便陷入雪堆裡，直直埋到膝部，走了不到二十步，他便喘得上氣不接下氣，停了下來。「林地、閹羊、租地、店鋪、小酒館、鐵皮屋頂住宅和穀倉，還有繼承人。」他想：「我怎能拋下這一切？這是怎麼回事？不可能的！」這些念頭一個接一個閃過他腦中。

莫名地，他又想起那叢他曾二度經過、在風中死命擺盪的艾草，他因此嚇壞了，無法相信這一切真實發生在自己身上。他心想：「我是不是在作夢啊？」他試圖醒來，卻怎麼也做不到。

冰雪是真實的，打在他臉上、覆蓋他的身體，將失去手套保護的右掌凍得冰涼；雪原是真實的，此刻只有他一人留在這裡，宛如那叢乾枯的艾草，等待毫無意義、無可避免且即將到來的死亡。

「聖母啊，教導我們節制的聖徒尼古拉神父啊。」他想起昨日的祈禱，想起披著金色法衣、面容晦暗的聖像，還想起為這聖像賣過蠟燭[1]，並且很快將這些只燒了一點點的蠟燭回收，藏進箱子裡。於是他祈求聖尼古拉這位顯靈者，求祂拯救他，並承諾

[1] 在教堂裡點燃蠟燭並放在聖像前為基督教的習俗，信徒藉燃燒的蠟燭傳達自己的祈禱與悔改。

會為此祈禱、點數支蠟燭。可他清楚明白，聖像、法衣、蠟燭、神父與祈禱——凡此種種在教堂不可或缺、無比重要的事物，在此處完全派不上用場，蠟燭與祈禱同他現下的困境沒有也不可能有任何關聯。

「不能灰心。」他想。「得跟著馬蹄印走，不然雪花就要埋沒痕跡了。」他腦中浮現這個念頭。「馬蹄印會帶領我走出去，或許還能抓住馬。只是不能著急，不然一急躁情況就更糟了。」

儘管他心裡想著要慢慢走，可還是匆匆向前奔跑，不停跌倒、起身又跌倒。在積雪略厚的地方，馬蹄印已變得難以辨認。「我完了。」瓦西里·安德烈伊奇想：「我認不出馬蹄印，也追不上馬。」

就在這時，他向前望了望，看見某樣黑色物體。那是黃斑馬。不僅只有馬兒，還有雪橇與繫著手帕的轅木。黃斑馬緊靠著轅木站立而非回到先前位置，身上的鞦帶與粗布墊全歪向一邊；牠不斷搖晃腦袋，因為頭部被腳下踩住的韁繩直往下拉。

原來，瓦西里·安德烈伊奇方才困在尼基塔先前掉落的山溝，馬兒帶他回到雪橇旁，而他下馬的地方離雪橇僅僅不到五十步距離。

9

瓦西里·安德烈伊奇跌跌撞撞地走到雪橇旁。他抓住雪橇，動也不動地站立良久，試圖平穩呼吸，讓自己鎮定下來。尼基塔已不在先前的地方，可雪橇裡躺著一個東西，上頭覆滿了雪，他猜得出這就是尼基塔。

如今，瓦西里·安德烈伊奇心裡的恐懼已完全消失了，若說他還存有什麼餘悸，只有回想起他騎在馬上所經歷的可怕遭遇，尤其是被獨自遺留在雪堆裡的恐懼感。

他必須想方設法避免恐懼入侵，為了達成這點，他必須找點事情來做，全神貫注投入其中。因此，他先是轉過身來，背對著風，解開皮襖；而後，待他稍微喘過氣來，便抖掉靴子與左手套裡的雪，遺失的右手套想必已經埋在半俄尺深的積雪裡，找不回了；接著他重新調整腰帶，如同平時離開店鋪，向農民大批收購糧食那般將寬腰帶束得又低又緊，表示預備工作了。

瓦西里·安德烈伊奇首先想到的是抽出馬兒被韁繩絆住的腿。於是便這麼做了。他解開韁繩，將黃斑馬重新繫回老地方——雪橇前座的鐵環上，再繞到馬兒後方，以便整理牠身上的鞦帶、轅鞍與粗布墊。可這時他看見雪橇裡有個東西在動，接著，尼基塔的頭從積雪底下探了出來。尼基塔顯然已經凍僵了，他勉強坐起身來，一隻手在鼻子前方古怪地揮動，彷彿在驅趕蒼蠅。他一邊揮手，嘴裡一邊唸唸有詞，瓦西里．安德烈伊奇覺得是在招他過去，於是放下粗布墊，走到雪橇邊。

「你怎麼了？」他問：「想說什麼？」

「我要死——死了，就是這樣，」尼基塔吃力且斷斷續續地說：「你把工錢交給我的兒子或老婆都可以。」

「怎麼？難不成你真要凍死啦？」瓦西里．安德烈伊奇問。

「我覺得我要死了……看在基督分上，寬恕我吧……」尼基塔帶著哭腔說，彷彿驅趕蒼蠅似地，不停在面前揮舞雙手。

瓦西里．安德烈伊奇動也不動地默默站了半分鐘；忽然，他像完成一筆獲利買賣般，堅定地一拍雙手，後退一步，捲起皮襖袖子，開始用手撥掉尼基塔身上與雪橇裡的積雪。撥掉雪後，瓦西里．安德烈伊奇連忙鬆開腰帶，敞開皮襖，然後推倒尼基塔，趴在他身上，不僅用自己的皮襖，還用溫暖、發熱的身軀蓋住他。他把皮襖前襟塞在雪橇夾板與尼基塔之間，再用膝蓋壓住下襬，就這樣面朝下趴著，頭部抵著前座夾板。

現在他已聽不見馬的動靜與暴風雪的呼嘯，只有尼基塔的呼吸清晰可聞。起初，尼基塔動也不動地躺了許久，接著大聲嘆了口氣，微微動了起來。

「這就對了，你還說你要死了。躺著取暖吧，我們就這樣……」瓦西里．安德烈伊奇開口說。

但他再也說不下去——自己也大吃一驚，因為他的眼淚奪眶而出，下頜不停抖動。他不再說話，只是嚥下湧上喉頭的哽咽。「顯然我變軟弱了，才會出現這樣的情緒。」他想。可這種軟弱不僅沒有使他感到不快，反而為他帶來一種從未體驗過的異常喜悅。

「我們就維持這樣。」他自言自語，體會到一種奇異而莊嚴的感動。他如此默默趴伏許久，拿皮襖擦擦眼睛，將被風掀起的右襟塞到膝蓋底下。

然而他極度渴望對人訴說自己的喜悅之情。

「尼基塔！」他叫道。

「很好，現在暖了。」尼基塔在他身下回答。

「是啊，兄弟，我差點完蛋。你也會凍死，我也……」

這時他的顴骨又抖動起來，雙眼再度盈滿淚水，他再也說不下去了。

「嗯，沒關係。」他想：「這些事情，我自己知道就好。」

於是他不再出聲，靜靜趴伏許久。

他感覺身下是溫暖的，因為有尼基塔墊著；背上蓋著皮襖，同樣暖和；唯有抓住皮襖前襟、蓋住尼基塔兩側的雙手，以及因皮襖不停被風吹開、失去遮蔽的雙腿開始凍僵──沒有手套保護的右掌凍得尤其厲害。然而他並不在意自己的雙手雙腿，只一心想著如何讓躺在身下的農民溫暖起來。

他望了馬兒幾次，發現馬背光溜溜的，粗布墊與鞦帶落在雪地上。他應該起身給馬兒蓋上布墊，可他一分鐘也不能離開尼基塔，破壞此刻的喜悅之情。而今他不再感到絲毫恐懼。

「不用害怕會失去他了。」他自言自語道，對於焐熱農民之舉語帶自豪，宛如談論他得意的生意買賣。

瓦西里．安德烈伊奇就這麼趴伏了一小時、兩小時、三小時……對時間的流逝毫無所覺。起初，他腦海中不停縈繞著暴風雪、轅木與車軛下方的馬，這些東西在他眼前晃動；他還想起躺在身下的尼基塔，隨後，關於節日、妻子、警察局長、蠟燭箱等回憶全部混雜在一起；他再度想起躺在蠟燭箱底下的尼基塔，接著是做買賣的農民、白色牆壁、鐵皮屋頂的住宅──尼基塔躺在裡頭；後來，這些記憶一個摻雜著另一個，交融成一團，猶如七色彩虹融匯為一道白光，所有不同印象匯集成一團混沌——他睡著了。

他睡了許久，沒有作夢，但黎明前又進入夢鄉。他夢見自己站在蠟燭箱旁，季洪諾夫的妻子跟他買一支五戈比的節慶蠟燭，他想拿蠟燭給她，可雙手緊緊夾在口袋裡伸不出來；他想繞過箱子，可腿動不了，他那雙嶄新、乾淨的套鞋彷彿在石板地上生了根，抬不起來也脫不下來；忽然，蠟燭箱不再是蠟燭箱，而是變成一張床，瓦西里·安德烈伊奇看見自己趴伏在箱子上，也就是自家床上；他俯臥在床上動彈不得，可他必須起身，因為警察局長伊凡·馬特維伊奇即將上門拜訪，他得跟伊凡·馬特維伊奇一起去購買林地，或是調整黃斑馬的鞦帶。

於是他問妻子：「喂，尼古拉芙娜，他到了沒？」

妻子回答：「沒有，還沒到。」

他聽見車輛駛近門口。一定是他。但馬車駛過去了。

「喂，尼古拉芙娜，尼古拉芙娜，人還沒到嗎？」

「還沒。」

而他依然俯臥床上，動彈不得，一直等候對方到來，這種等待既可怕又快樂。忽然，喜事發生了！他所等待的人來了，然對方已非警察局長伊凡．馬特維伊奇，而是另一位他由衷等待之人。那人朝他走來，並且呼喚他的名字，同樣也是這個人，叫喚他並且命令他俯臥在尼基塔身上。看見此人朝自己走來，瓦西里．安德烈伊奇很高興。「我來了！」他快樂地叫道。這一叫，也讓他醒過來。

醒來時，他發現自己與入睡前的那個人已截然不同。他想起身卻動不了；他想動動手卻做不到；想動動腳——同樣做不到；他想轉頭——可連頭也動不了。他覺得奇怪，內心卻沒有絲毫傷悲。他明白這就是死亡，卻毫不哀傷。他想起躺在身下的尼基塔，他有溫度並且活著；他覺得自己就是尼基塔，尼基塔就是他，他的生命不在自己體內，而在尼基塔身上。他仔細聆聽尼基塔的呼吸、甚至是微弱的鼾聲。「尼基塔活著，這就是說，我也活著。」他得意地自語。

他想起金錢、店鋪、房子、生意買賣與米隆諾夫的百萬家產。他難以理解這個名為瓦西里．安德烈伊奇．布列胡諾夫的人，為何如此在乎自己汲汲營營的一切事物。「是啊，他不曉得問題何在。」他想著瓦西里．安德烈伊奇．布列胡諾夫。「以前不曉得，現在我明白了。而今我不會再犯錯了，我明白了。」他又聽見那人在呼喚他。「我來了！我來了！」他滿心喜悅、感動地大喊。他覺得他自由了，再也沒有東西能束縛他。

於是瓦西里·安德烈伊奇再也無法觀看、聆聽與感受人世的一切了。

四周依然大雪紛飛。雪花隨風飛旋，落在死去的瓦西里·安德烈伊奇的皮襖與不停發抖的黃斑馬身上，還有幾乎為積雪埋沒的雪橇上——裡頭躺著仰賴主人屍身保暖的尼基塔。

10

尼基塔在天亮前醒來。又是後背刺骨的寒冷將他凍醒。他夢見自己幫主人運送一車麵粉，從磨坊出來涉過小溪時，他沒有走橋，使貨車陷進泥沙裡。他看見自己鑽到車底，伸直背脊想要把車抬起來，然而，怪事發生了！貨車動也不動地貼在他背上，他抬不起車，也無法鑽出去。他整個腰部都給壓垮了，而且寒冷無比！顯然，他必須爬出去才行。

「夠了！」他對用貨車壓住他腰背的人說：「把麵粉袋搬下來！」然而貨車變得

越來越冰冷，越來越冰冷，死死壓住他。忽然，傳來一陣奇異的敲擊聲，他完全清醒過來，想起了一切。冰冷的貨車——原來是壓在上方、凍僵的主人屍體；敲擊聲則是黃斑馬兩度踢動雪橇發出的聲響。

「安德烈伊奇、安德烈伊奇！」尼基塔已預知真相，繃緊背脊，小心翼翼叫道。瓦西里·安德烈伊奇沒有回答，他的腹部與雙腿又硬、又冷、又重，好似秤砣一般。

「他應該死了。願他在天國安息！」尼基塔心想。

他轉過頭，用手撥開身上的雪，睜開雙眼。天亮了。狂風依然在轅木間呼號，天空仍在飄雪，唯一的差別是少了雪敲打雪橇夾板的聲響，變成靜靜覆落在雪橇與馬兒身上，並且積得越來越厚；馬兒毫無動靜，也聽不見呼吸聲。

「牠一定也凍死了。」尼基塔想著黃斑馬。確實，正是馬踢雪橇的聲響吵醒了尼基塔，而那也是身上覆滿積雪的黃斑馬的臨死掙扎。

「看樣子，上帝也在呼喚我了。我將遵從您神聖的旨意。」尼基塔對自己說：「死亡太恐怖了。幸好人不會死兩次，可這一死卻是逃不過的，但願快一些……」他又把手縮起來，閉上眼睛，意識逐漸消失，深信自己這回必然死去。

隔天中午，農民們在離大道三十俄丈、距村莊半俄里處，用鏟子挖出了瓦西里·

安德烈伊奇與尼基塔。

雪積得比雪橇還高，但轅木與繫在上頭的手帕依然可見。黃斑馬腹部以下全埋在雪堆裡，鞦帶與粗布墊從背部滑落下來。牠渾身蒼白站在那裡，腦袋垂靠著僵硬的喉結，鼻孔下方掛著冰柱，眼睛蒙著一層白霜，彷彿含著淚水，一夜之間牠瘦得只剩皮包骨。瓦西里．安德烈伊奇僵硬得如同冷凍的屠宰肉。當人們將他從尼基塔身上移開時，他的雙腿大大分岔，老鷹般鼓凸的雙眼結凍了，精心修剪的鬍髭下方是張開的嘴，裡頭塞滿了雪。

尼基塔還活著，儘管全身都凍僵了。他被吵醒時，以為自己已經死了，如今周遭發生的一切都來自另一個世界。當他聽見這群農民叫嚷著把他挖出來，並將瓦西里．安德烈伊奇僵硬的屍體從他身上搬開時，他先是感到驚訝，以為另一個世界的農民同樣擁有實體，也會大聲叫嚷；然而當他明白自己還活著，依然留在人世間，他的心情與其說是歡喜，不如說是悲傷，尤其他感覺自己的雙腳腳趾都已凍壞了。

尼基塔在醫院裡住了兩個月。他被截去了三根腳趾，其餘幾趾都恢復正常，因此他還能工作。他又活了二十年，起先繼續當雇工，上了年紀後便擔任看守人。他今年才過世，並且如他所願，死在家中聖像之下，雙手握著點燃的蠟燭。死前他請求老伴的原諒，他也原諒她與木桶匠的情事；與兒孫告別後，他溘然長逝，衷心歡喜自己的死亡減輕了兒子與媳婦的負擔，他也真正擺脫了令他厭煩的人生，前往另一個隨著年歲增長而變得越發明瞭與嚮往的世界。至於死後，他在另一個世界的日子是好是壞，能否找到自己由衷期盼的東西抑或感到失望呢？——不久的將來，我們都會知曉。

【導讀】托爾斯泰與向死而生的藝術

文／政治大學斯拉夫語文系助理教授 **江杰翰**

生與死是托爾斯泰窮盡一生探究的問題。對他而言，死亡從來不是抽象的概念。托爾斯泰年幼時父母相繼去世，使他的童年蒙上陰影；兩位兄長因為結核病英年早逝，更教他執著於思索死亡的意義；在高加索與克里米亞，托爾斯泰見識到戰爭的殘酷；身為人父，子女的死亡令他傷心欲絕。死是什麼？如何死？若終究免不了一死，為何還要活？托爾斯泰研究東、西方哲學，反思生命經驗與宗教信仰，試圖尋求解答。在日常生活中，他對死亡近乎偏執的關注也反映在晚年的日記習慣：完成每日的筆記之後，他會預先寫下第二天的日期，然後以三個字母註記「若我活著」，次日再以「活著」開始新的記事。日復一日，像是一種練習。

從《童年》到《戰爭與和平》，從安娜·卡列妮娜到伊凡·伊里奇，在托爾斯泰的作品中，處處可以看見死亡的蹤跡。死亡也是本書收錄的幾篇小說共同的主題。在這些故事裡，死是個謎，卻也是覺醒的契機。透過書寫死亡，托爾斯泰試圖揭露存在的本質，並且展現自我和他人、和信仰之間的關係。

暴風雪中的夏日印象

〈暴風雪〉是本書作品中最早的一篇，構想來自作家的親身經歷。在風雪中迷途是俄羅斯文學的經典主題，危急的情境突顯人的渺小和自然的力量之強大，同時也體現了命運的嚴峻考驗——或無情的捉弄。在這篇小說中，托爾斯泰藉由詩的語言和結構安排，不只細緻地描繪感官經驗，更展示了流動的意識中人和死亡的不期而遇。奔馳的雪橇上，主角感受到死亡逼近，卻忍不住打起盹來，在夢中回到夏日溫暖的陽光下自家花園的池塘邊。然而，他依舊無法躲避死亡——他陷入了目睹農夫溺水而死的回憶之中。池水寧靜、美麗，卻散發不祥的氣息。若暴風雪象徵毀滅，夢境裡的意外事件彷彿暗示死亡無所不在，隨時可能從意識的深淵中浮現。嚴冬與盛夏、現實和夢漸漸交融，雪橇的鈴鐺聲傳到池塘邊，白茫茫的雪地也成了無邊的海洋。在恍惚之間，旅人愈行愈遠，所見的景象也愈來愈怪誕，喜悅與憂傷、愛與恐懼交織，死亡仍然如影隨形。

值得注意的是，托爾斯泰勾勒車夫們的外貌與性格，不僅賦予角色生動的面孔，也呈現社會階級之間的對比。主角不顧旁人勸阻，執意上路，面對生死攸關的危機卻又束手無策。類似的情況也發生在夏日的夢境裡：他見到農民溺水，先是想跳入池中搶救，但隨即意識到自己泳技太差，只能旁觀。相反地，車夫們明白風雪的危險，知道如何生存，或至少掌握應對的方法：抽煙斗、說故事、唱歌、時不時活動身體，或者冷靜地將命運交付上帝。他們或值得信任，或不那麼討人喜歡，但都更清楚生活的道理，懂得敬畏自然、信任夥伴——如那位喜愛發表高見的車夫所說，馬會自己找到路。別忘了，在雪橇上睡著了的菲力普可是最先平安抵達目的地。

主與僕的寓言

〈主人與雇工〉裡的瓦西里和尼基塔走得更遠。

托爾斯泰晚年主張藝術應該簡單通俗，傳達普世的道德價值，民間傳說、寓言故事和宗教文學於是成了創作的重要參考。本書中的作品大多都體現了這樣的美學觀點，其中又以〈主人與雇工〉最具代表性。

這篇小說鮮明的角色對比營造出強大的戲劇張力。商人瓦西里以金錢計算一切事物的價值。對他來說，宗教是生財的工具，兒子也不過是產業的繼承人罷了。他的姓「布列胡諾夫」源自俄文詞「撒謊」，說明了他狡詐的性格。瓦西里處處剝削雇工尼基塔，簡直占盡便宜。他視自己為「主人」，因為作主的權力來自擁有。也正因此，他欲求更多。瓦西里只在乎過去與未來，總是忙著清點財產、規劃下一件買賣。

尼基塔則活在當下。他善良而謙卑，逆來順受，待人寬容，吃苦耐勞。他跟隨瓦西里，一路服從。尼基塔雖然曾經貪杯誤事，但卻能在歡樂的節日堅定地抗拒誘惑，滴酒不沾；他善待動物，當主人只顧著滿足自己的需要，他不忘先照顧心愛的馬。

暴風雪遮蔽一切，卻也揭露事物最真實的樣貌。面對危險，尼基塔計算自己一生的罪，心裡念著真正的「主人」，坦然接受即將來臨的死亡。瓦西里則忙著估量買賣的收益。他嘗試獨自逃脫，卻是徒勞一場。在這個故事裡，聖尼古拉的神跡並非即時救援，而是深刻的覺醒。

瓦西里的犧牲不見得出於高尚的道德情感，或許是恐懼使然，畢竟在冰天雪地裡相互依靠也是求生的本能。不論如何，隨之而來強烈的喜悅見證了神聖的頓悟時刻。托爾斯泰曾經在日記中提醒自己：「在神的事業中，你是做工的人。」對他而言，人的生命是勞動。在過程中，個人得以超越自身利益，為更大的目標努力。〈主人與雇工〉也是瓦西里體會服務的價值、「成為工人」的過程。終於，「他明白了。」瓦西里不再害怕，愉悅地擁抱另一個世界，因為他的生命已經掙脫了自我的侷限，在他人身上延續。至於對已經準備好面對死亡的尼基塔來說，這樣的安排是不是划算的交易，則又是另一個問題了。

托爾斯泰對人類貪婪習性的批評也表現在〈人要多少地才夠〉裡。故事的主角帕霍姆不知滿足，不停追求更廣大的土地。有趣的是，托爾斯泰筆下巴什基爾人看待空間的態度像是「陌生化」了財產的尺規，帕霍姆不但不懂得用時間丈量土地的方法，更敗給了自己無限的貪念。人要多少地才夠？托爾斯泰給了明確的答案。

戰慄的形狀

「阿爾札馬斯恐懼」是托爾斯泰生命中的關鍵事件。一八六九年，他在一趟購置地產的旅途中於阿爾札馬斯的旅館過夜，突然感受到莫名的巨大恐懼。幾年之後，托爾斯泰經歷空前的精神危機。「我的生命停了下來。」他日後回憶，「我像是活著、走著，來到了深淵邊上，清楚看見前方除了死亡，什麼也沒有。」一切如常，他卻突然警醒，終將來臨的死亡使生命成了煎熬的等待，家庭幸福和所有世間的成就都失去了意義。此後，托爾斯泰在信仰中尋求救贖。

〈瘋人日記〉是未完成的作品。托爾斯泰晚年曾經幾度提及，似乎有意改寫，但直到他逝世之後，小說才在遺作集中出版。故事裡，敘事者回顧「瘋狂」的經過，描述他如何意識到死亡的必然、陷入絕望，然後藉由信仰逐漸克服恐懼，終於重新感覺到喜悅。這個故事也反映了作者面對存在困境、掙扎求生的心路歷程。

就情節而言，〈瘋人日記〉或許並非托爾斯泰最精彩的作品，但小說中關於「阿爾札馬斯恐懼」的敘述可以說是他對死亡最簡單、直接的描繪。「瘋人」先是在旅途中突然驚醒。來到旅館，他急著逃離，嘗試釐清恐懼的來源。我為何在這裡？要往哪裡去？他彷彿對自己的生命提問，然後聽見死亡無聲的回應。特別的是，在這篇小說裡，可怕的並非迫近的危險，而是在平靜的日子裡意識到生命的有限——活著、等待生命的結束原來比死亡更令人毛骨悚然。托爾斯泰賦予了那幽微的感受特別的形貌：「紅色、白色、方形的恐懼」[1]。直接而冷酷，抽象又具體，一目了然卻也無比神祕。

---

[1] 此為直譯。本書中譯作「紅色燭光、白色牆壁、方正房間」。

告別的三種姿態

在托爾斯泰的早期作品中已經可以看見他生命思想的輪廓。〈三死〉描寫貴婦人、老車夫和樹的臨終場景，這樣的對照令許多人感到困惑。托爾斯泰的堂姑亞歷山德拉擔心小說裡貴婦人的形象是對基督教信仰的批評，作為回應，托爾斯泰解釋了小說的意涵：「貴婦人可悲又令人厭惡，因為她一輩子都在說謊，臨死之前依然如此。她所理解的基督教無法為她解決生死的問題。」他強調，老車夫信仰與他共存的自然，深刻明白世界運行的法則，所以能夠正視生命的規律，平靜地死去。同樣地，「樹死得安詳、正直而美麗。美麗——因為不說謊，不裝模作樣，不害怕，不遺憾。」

在故事中，貴婦人不僅欺騙自己，也阻撓身邊的人們正視她病入膏肓的事實。她的眼中只有自己，總是怪罪他人，一心相信只要去南方療養就能康復、寄望偏方治病。最後，她出於恐懼，不得不求助宗教，但仍然無法接受現實、放下心中的執念，當然也未能獲得心靈的慰藉。老車夫在秋天離開人世，彷彿循著自然的節奏走向生命的終點。他平和、從容地面對死亡，不哀怨也不抵抗，還大方讓出新的靴子。旁人對待他雖然有些不留情面，但卻也相當真誠。樹先是顫抖、害怕地搖晃，接著平靜下來。如同老車夫的死使他人受益，倒下的樹騰出了空間，周圍的樹木也能生長得更好。因此，大自然歡欣鼓舞，樹木也並不覺得哀傷。對托爾斯泰而言，這樣的情境或許是死亡最美好的形式。他相信，個人的存在只是生命世界的一小部分，生與死並不是存在的開端與終結——隨著身體死亡，消失的只是作為個體的意識。如同水滴落入池子，死是解放，也是融入萬物合一的共同生命必經的歷程。

破瓦罐，或一幅聖像

〈瓦罐子阿柳沙〉不只展現托爾斯泰的晚期風格，在某種程度上，也揭示了他的生命理想。這篇小說講述阿柳沙終日勞碌、為眾人服務的一生。綽號「瓦罐子」說明了他所扮演的角色——作為物件、工具，阿柳沙為他人而存在，辛勤勞動，完成各種任務。令人心疼的是，他始終以微笑承受生活的艱難和人們的惡意。阿柳沙的快樂單純而卑微。好不容易，他有機會感覺到愛，幸福似乎近在咫尺，卻又被現實無情摧毀。阿柳沙先是笑，然後哭了一場，依舊溫順地面對殘酷的世界。

讀者不免感到疑惑：百依百順，服務刻薄、自私的主人瑣碎的要求，這樣的勞動是有意義的付出嗎？若阿柳沙沒有自由的意志，無力捍衛自己或為所愛的人挺身而出，服從是不是一種消極、冷漠的態度？或許是這樣的矛盾——在故事裡，阿柳沙似乎更像是無辜的犧牲品——使托爾斯泰遲疑，最後並未完成、發表這篇作品。不過，阿柳沙確實反映了托爾斯泰心中農民質樸、善良的理想形象。他善待他人，聽從命運的安排。相較於正義的凱旋，托爾斯泰更重視內在的力量、崇尚以善行回應邪惡。阿柳沙在日常生活中的服從或許也是某種世界觀的抵抗。他純粹的心靈散發出神聖的光芒，使這篇通俗故事更像是聖人的行傳。

托爾斯泰晚年對東正教會僵化的教條、複雜的形式有許多批評，認為宗教體制充滿虛假、背離了信仰。改寫自民間傳說的〈三隱士〉也可以作為對照。主教以為教導了三位隱士正確的祈禱方法、「神的話語」，甚至有些洋洋得意，殊不知隱士們雖然無法正確唸出禱告詞，但因為虔誠修道，竟然能行於水上。故事的寓意簡單明瞭：信仰不重形式，而在於心。

阿柳沙或許看起來駑鈍，但正是因為如此，他的善良完全出於直覺，沒有絲毫的矯飾。他不識字，不記得禱告的話語，但每日雙手合十、畫十字祈禱，以謙卑的態度無私地服務，自然而然地實現信仰。阿柳沙的死亡也展現了這樣的特質。他微笑著，對一切心懷感激，最後，「兩腿一蹬，便死了。」平淡、簡單的描述中，阿柳沙的「詫異」

尤其令人好奇。他感到驚訝，但並不抗拒。在生命的最後一刻，他似乎有了新的感受。在托爾斯泰的作品裡，臨終的恐懼通常是執著於自我的表現，阿柳沙本來就實踐了無我的精神，所以能坦然、輕鬆地離開這個世界。

記得人終有一死

一八八三年一月一日，新年初始，托爾斯泰又想到死亡，在日記裡寫下：「我們活著，即是正在死去。好好地活，就是好好地死。新的一年！祝福我和大家好好地死。」對托爾斯泰而言，死亡是生命中必然存在的一部分，好死即是好活、有意義地活。面對死亡，他曾經恐懼，卻也期待著，與其說害怕，他似乎更擔心自己無法做好準備、正確地死去。

托爾斯泰的作品展示不同的生命情境中死亡的各種面貌：在有限與無限之間，死是關卡，也是最終的啟示。樸實而雋永的故事反映了作家一生感覺、思想的核心，同樣重要的是，字裡行間彷彿也能聽見他殷切的提醒：人終究會有一死。記得，然後好好地活。

【編後記】

如何面對死亡——托爾斯泰一生的功課

文／丘光

什麼是壞？什麼是好？什麼該愛？什麼該恨？為什麼而活？我又是什麼樣的人？什麼是生？什麼是死？是什麼力量掌控這一切？……答案是：「一旦你死了，一切就會結束。你死了你就會知道，或者就不會再問了。」但死也很可怕。

這是《戰爭與和平》中皮耶爾．別祖霍夫的內心獨白，我們從托爾斯泰大學時代到臨終前大約六十三年的日記裡，也可以看到這些問題以各種形式頻頻出現，它們幾乎含括了托爾斯泰一生想要探究的問題，其中比較重大的，大概是生與死。

托爾斯泰大學時讀得很困惑，他認為無法在當下的大學教育中找到人生目標，因而申請退學，當時還未滿十九歲的他在日記中寫：「應該要改變生活的方式……人類生活的目標是什麼？……如果我沒有為自己的生活找到一個有益的總體目標，那麼我是最不幸的人。」接下來，他回鄉下老家自學、務農，給自己在兩年期間訂下十一個人生目標，其中一項是農業的理論與實務，其餘大多是自修大學階段他感興趣的科目，後來他發現目標一下子訂太多了不好實現，於是又務實地調整。

看來，「什麼是生活？」這個問題似乎可以用一些方法來慢慢實驗而推敲出答案；那「什麼是死亡呢？」——大概不太能實驗，因此托爾斯泰藉藝術手法來創作文學，透過各式各樣的人物、性格、思維、感情、言行等等，與自己對話，與社會互動，來論證這個艱難的問題及其可能的解答。

難怪從前我讀托爾斯泰的時候，總有種感覺，死亡場景的描寫經常出現，包括在《童年》、《戰爭與和平》、《安娜·卡列妮娜》、《伊凡·伊里奇之死》等著名作品，也在一般人較不熟悉的短篇小說裡，我讀著讀著，甚至習慣了，還覺得死亡是托爾斯泰小說中的固定角色，在某些特定的時刻就會出場。

當我計畫編一本托爾斯泰的短篇小說集，便直覺地要以生死為題，托爾斯泰的短篇小說太多了，該如何選擇是要花點時間琢磨。我先選了早期的〈暴風雪〉，再選讀起來很像續集的〈主人與雇工〉，這兩篇情節相仿又各有旨趣的小說相隔大約四十年，彷彿老年托爾斯泰與青年托爾斯泰的對話。主軸定了之後，我盡可能以敘事形式多樣化的角度選了四篇，來展現不同人物面對死亡的不同樣態：〈三死〉、〈瓦罐子阿柳沙〉、〈瘋人日記〉、〈人要多少地才夠〉；還有一篇比較特別的是〈三隱士〉，它看似無關生死，但我讀這篇超越生死的傳說故事，覺得拿來襯托生死的主題還頗能令人感悟。

我用〈暴風雪〉這篇做開場，也以此為書名，一方面這名稱有象徵意味，再者，這篇的情節環繞在迷失（人生）方向與死亡逼近，讓我們意識到生活與死亡這兩件事似乎在某種程度上息息相關。

托爾斯泰兩歲時母親過世，未滿九歲父親過世，十三歲時監護人姑媽奧斯堅－薩肯（父親的小妹）過世；成年後面對死亡最沉痛的一刻，大概是三十二歲時大哥尼古拉因結核病過世，他視大哥為最好的朋友，與他一同從軍，也在文學創作上談得來；到了結婚的人生新階段，他自三十四歲婚後的二十六年間生了十三個子女，其中五個早夭，也就是說，平均每隔幾年就要送走一個骨肉至親。對托爾斯泰來說，「死亡」不是幻覺想像，而「面對死亡」也不只是哲學思考，更是生活課題。

托爾斯泰一生不知經歷了多少次的人生迷途，他最後一次離家出走的歷程竟有點像〈暴風雪〉的情節，在幾個地點之間彎來轉去，最後因病不得不滯留在小車站，顯然這並不是他計畫中的人生目的地。

他在小車站休養時意識到自己將不久人世，面對死亡，他寫信給長子謝爾蓋，建議兒子要想想自己的人生，想想自己是什麼樣的人，思考人生的意義是什麼——活像是一個老和尚在圓寂前要把畢生功力傳授給徒弟的情景。

托爾斯泰小說中的死亡，經常是一片栩栩如生如畫卷漸次展開的過程，不像是句號，比較像破折號，讓人期待語意轉變、聲音延續，或忽而飄來言外之意。

托爾斯泰現實中的死亡，相對慌亂、窘迫，似乎來不及好好說點什麼，他臨終前的遺言片片段段，其中這幾句耐人尋味：「真理……我愛很多，我愛所有人……」

我們回頭看看托爾斯泰首部小說《童年》的結尾，寫到母親與女管家薩維什娜的死，相較於母親的死帶給小男孩悲傷與恐懼，女管家的死卻給他一種平靜美好的感受。

> 她離世時不帶遺憾，不害怕死亡，而是把死亡視為幸福。大家常這麼說，但事實上很少有人做到！娜塔莉雅·薩維什娜能夠不害怕死亡，是因為她履行了福音書的教規，信仰堅定地面對死亡。她的一生都是純潔無私的愛與奉獻。

是啊！托爾斯泰的臨終遺言與首部創作的結尾，彷彿有一種相互唱和的味道。而這是個什麼樣的味道，不久之後，我們每個人都有機會去嘗嘗看。

托爾斯泰年表

編輯、圖說／丘光

一八二八年

八月二十八日（即新曆九月九日，以下日期除特別標示外皆為俄舊曆），列夫·尼古拉耶維奇·托爾斯泰（Лев Николаевич Толстой）出生於圖拉省晴園（或譯亞斯納亞·波良納莊園），為家中第四個孩子。父親尼古拉·伊里伊奇出身伯爵家族，從軍旅退役後為地主；母親瑪麗亞·尼古拉耶夫娜出身沃爾康斯基公爵家族。

一八三〇年

八月四日，母親過世。對托爾斯泰來說，母親崇高、純潔、完美，是他的精神依託，是他遇到人生難關時的祈求對象。祖母的養女塔吉雅娜·約爾戈利斯卡雅幫忙撫養托爾斯泰兄妹們；托爾斯泰認為這位姑媽是對自己生活上的影響最重要的人。

一八三三年

童年在晴園度過；有一次他給父親背誦普希金的詩〈致

母親自幼受良好教育，會寫詩、小說，通曉法語、德語、義大利語；她是《戰爭與和平》中瑪麗亞·波爾康斯卡雅公爵小姐的人物原型。

父親曾參與一八一二年俄法戰爭及其後的反法同盟遠征軍；他是《戰爭與和平》中尼古拉·羅斯托夫的人物原型。

大海〉、〈拿破崙〉，獲父親讚許，是這時期的快樂回憶。與兄長們共同編寫一本手寫刊物《兒童娛樂》，其中收錄托爾斯泰的七篇童年作品：〈鷹〉、〈隼〉、〈貓頭鷹〉、〈鸚鵡〉、〈孔雀〉、〈蜂鳥〉、〈公雞〉。

一八三七年

一月，全家搬到莫斯科。六月二十一日，父親在圖拉市突然昏倒中風過世。親姑媽亞歷山德拉．奧斯堅－薩肯成為監護人，將托爾斯泰兄妹們帶回晴園，與另一位姑媽約爾戈利斯卡雅一起照顧。與兄長們共同編寫一本手寫刊物《兒童文庫》，其中收錄托爾斯泰的〈爺爺的故事〉。十一至十二月，姑媽約爾戈利斯卡雅數次帶托爾斯泰兄弟們至莫斯科大劇院觀賞表演。

一八三八年

五月二十五日，祖母過世，思想封閉、個性驕寵的她出身顯赫貴族，是家中地位最高的人。與兄長們續編《兒童文庫》。十二月底，在晴園參與一場家庭戲劇表演。

一八三九年

八月，大哥尼古拉進入莫斯科大學哲學系。八月底，兄

外祖父尼古拉．沃爾康斯基公爵長年服務軍旅，曾任女皇葉卡捷琳娜二世的侍從官，後晉升至步兵將軍，退役後回歸家庭生活，闢建晴園；他是《戰爭與和平》中老波爾康斯基公爵的人物原型。

晴園於十九世紀末的歷史照。沃爾康斯基公爵將此園贈給女兒瑪麗亞作嫁妝。托爾斯泰在此出生、生活、創作（包括《戰爭與和平》、《安娜．卡列妮娜》等），最後長眠於此。

妹們和姑媽約爾戈利斯卡雅一起到莫斯科。九月十日，從米柳京家中窗戶觀看救世主大教堂的奠基儀式。九月，常去莫斯科練馬場觀看軍隊檢閱。秋天，回晴園。

一八四〇年

熱衷文學，嘗試俄語和法語的創作、詩歌習作。一月十二日，為祝賀姑媽約爾戈利斯卡雅的命名日，寫了一首詩〈致親愛的姑媽〉，獲得老師的書面認可。七月二十日，在晴園給姑媽約爾戈利斯卡雅寫了一張法語的便條，是托爾斯泰留存下來的第一封書信。

一八四一年

八月三十日，姑媽奧斯堅－薩肯過世，埋葬在奧普京納修道院，墓誌銘是年輕的托爾斯泰所寫。秋天，另一位親姑媽佩拉吉雅．尤什科娃成為托爾斯泰兄妹們的監護人，將他們帶到喀山同住。

一八四四年

九月，錄取喀山大學哲學系東方組土耳其－阿拉伯文分組。在大學期間，開始在上流社會交際活動，參加舞會、晚會、貴族的化裝舞會、音樂會，以及業餘戲劇表演。

姑媽奧斯堅－薩肯，信仰極虔誠、生活簡樸、熱心助人，並散盡錢財給需要的人，對托爾斯泰的宗教觀很有影響。

莫斯科練馬場是一座龐大的軍事操練場館，可容納兩千人；位於克里姆林宮西側牆外。此圖為 1819 年場館設計者別坦庫爾所繪，可以看到當時軍隊操練的情況。

一八四五年

五月，喀山大學哲學系決議，托爾斯泰因「嚴重缺課及糟糕的歷史科成績」而未通過升級考試。八月底，申請轉至喀山大學法律系。九月，入法律系一年級。

一八四七年

三月十七日，開始寫日記，持續寫到臨終前。四月十二日，以健康問題和家庭因素為由申請退學；兩天後獲准。四月二十三日，離開喀山，搬回晴園自學、務農。

一八四九年

二月，前往彼得堡並計畫定居，以便在彼得堡大學就讀後進入公務員體系；申請入彼得堡大學，參加資格考，但考過兩科後又放棄。五月底，放棄讀大學後本打算去服兵役，但聽從二哥謝爾蓋的建議回到晴園。夏天，在晴園為農民兒童開辦學校。十一月，獲圖拉貴族代表會議錄用進省政府任職。

一八五〇年

十二月，到莫斯科租公寓；經常流連於上流社會。打算寫〈吉普賽生活的故事〉，企圖藉此開始文學創作。冬天，

二十一歲的托爾斯泰，申費爾德攝於1849年。後來托爾斯泰回顧自己大學退學前後、摸索生活目標的那段時光說：「如果我沒有為自己的生活找到一個有益的總體目標，那麼我是最不幸的人。」

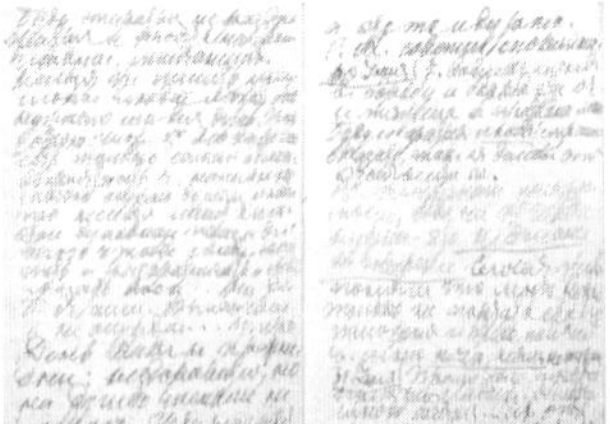

托爾斯泰的日記從大學時代開始，一直寫到臨終前四天，是他重要的文學遺產。他認為日記可以幫人專注思考自己的生活，並對自己的坦誠負責——「在日記裡任何一點虛偽馬上可以感覺到」。

開始寫小說〈童年〉。十二月底，晉升為十四等文官。

一八五一年

一月十七日，在日記提到財務困難：「我完全沒錢了……我幾乎錯過了這三種改善我處境的方法：賭錢、在上流社會找個條件合適的人結婚、謀個有利的職位……」四月，在高加索服役的大哥尼古拉來訪，邀他同去高加索從軍。六月，以志願兵身分參與對車臣村莊的突襲，這反映在小說〈突襲〉中。十月，與大哥尼古拉一起被調到第比利斯。

一八五二年

一月，參加砲兵學員考試，獲下士軍銜，受命駐防砲台。二月，在一次對抗山民的戰役中差點被炸死。五至八月，因病在五峰城療養。七月，〈童年〉手稿寄給《現代人》雜誌的主編涅克拉索夫。八至十二月，參加軍事演習，等待獲得軍銜，考慮退役；閱讀盧梭的《社會契約論》，狄更斯的《大衛．科波菲爾》及萊蒙托夫的作品。九月，《現代人》刊出小說〈童年〉，這是公開發表的首部作品。十二月底，完成小說〈突襲〉後投稿給《現代人》。

托爾斯泰與大哥尼古拉（右）合影於1851年。尼古拉畢業於喀山大學哲學系，之後考進軍訓單位的砲兵從軍，在高加索地區服役十二年，表現傑出。退役前開始發表創作的小說，其中對高加索的情景描寫豐富、情感細膩。

托爾斯泰常在日記和書信中提到大哥的聰明才智和文學天分對他有很大影響。可惜尼古拉英年早逝，三十七歲死於結核病。然而，他在托爾斯泰心中的地位是旁人難以取代的，托爾斯泰直到死前還念念不忘童年時期大哥給弟妹們編的故事——「藏有綠色魔法棍的森林邊」，遺囑交代家人將他埋葬在那個地方。

一八五三年

二月，在對抗山民的戰役中表現出色，晉升為准尉。三月，《現代人》刊出小說〈突襲〉。春天，寫小說〈少年〉。五月三十日，申請退役。秋冬，由於俄土戰爭爆發無法退役，申請轉調至戰火頻傳的多瑙河前線。

一八五四年

晉升為少尉。一月，收到調往多瑙河陸軍第十二砲兵旅的命令。二月，抵達晴園，準備去前線部隊報到，起草遺囑。三月中，抵達布加勒斯特，參與戰役。七月，申請調往克里米亞。十月，《現代人》刊出小說〈少年〉。十一月七日，抵達塞瓦斯托堡。冬天，在辛菲羅波爾郊外服役。

一八五五年

一月，《現代人》刊出小說〈彈子房記分員筆記〉。六月，《現代人》刊出小說〈十二月的塞瓦斯托堡〉。九月，《現代人》刊出獻給屠格涅夫的小說〈伐林〉和〈五月的塞瓦斯托堡〉。十月九日，收到屠格涅夫的第一封信，其中敦促托爾斯泰放棄軍旅生涯並全心投身文學活動：

1854 年著准尉軍裝的托爾斯泰。

下圖為蘇聯時代出版的《塞瓦斯托堡故事》。

克里米亞戰爭是十九世紀俄羅斯帝國命運的轉捩點，托爾斯泰親身參與這場戰爭，其中最激烈的塞瓦斯托堡保衛戰（1854 年 9 月至 1855 年 8 月）持續近一年；托爾斯泰寫了三篇與此相關的小說，以及一首歌謠〈一八五五年八月四日黑河戰役之歌〉，見證了戰爭的瘋狂與殘酷、士兵的英勇與失去理性，辯證戰時意識形態的種種觀點，為後來的長篇史詩創作《戰爭與和平》鋪下了基礎。

「你的工具是筆，不是軍刀，繆斯女神不僅無法忍受你瞎忙甚至還嫉妒。」十一至十二月，待在彼得堡，與當時重要文學家往來密切，包括屠格涅夫、涅克拉索夫等；與詩人費特結識後成為朋友。

一八五六年

一月，三哥德米特里過世；《現代人》刊出小說〈一八五五年八月的塞瓦斯托堡〉。一月底至五月中，待在彼得堡，結識劇作家奧斯特羅夫斯基、作家阿克薩科夫父子，與屠格涅夫爭吵後和解；因參與一八五五年八月四日黑河戰役表現英勇卓越而晉升為中尉。三月，《現代人》刊出小說〈暴風雪〉。五月，《現代人》刊出小說〈兩個驃騎兵〉。五月底至十月底，住在晴園，探望屠格涅夫；經常外出打獵，試圖與農民溝通釋放他們的條件，但未獲得理解。十一月底，退役。

一八五七年

一月，《現代人》刊出小說〈青年〉。一月底至七月底，首次出國，到法國、瑞士、義大利和德國；在巴黎參觀拿破崙之墓；在日內瓦附近拜訪當時身為宮廷女官的堂

托爾斯泰與《現代人》雜誌的作者群合影，列維茨基攝於1856年。
後排左起托爾斯泰、格里戈羅維奇，前排左起岡察羅夫、屠格涅夫、德盧日寧、奧斯特羅夫斯基。
當時已是名作家的屠格涅夫，介紹剛出道不久的托爾斯泰認識《現代人》雜誌在首都彼得堡文學圈的知名文人，對托爾斯泰多有提攜。

姑媽亞歷山德拉．托爾斯塔雅；在德國的巴登－巴登賭輪盤輸掉所有現金。九月，《現代人》刊出小說〈琉森〉。
十二月，喜歡上詩人丘切夫的女兒葉卡捷琳娜．丘切娃。

一八五八年

九月，參加圖拉省貴族代表大會，選舉圖拉省改善農民生活委員會的代表，與會一百零五名貴族，簽署了一份必須解放農民的《意見書》提交給首席代表。十二月，在上沃洛喬克附近打獵，獵殺一隻公熊，被一隻母熊咬傷——這情節被描寫在兒童故事〈甘願總比被迫好〉中。

一八五九年

一月，《閱讀叢書》雜誌刊出小說〈三死〉。七月，《俄羅斯通報》雜誌刊出〈家庭幸福〉。夏天，務農、打獵。
十一月，在晴園為農民兒童開設學校。

一八六〇年

七月二日，第二次出國，走訪德國、瑞士、法國、英國，了解當地的國民教育系統。八月底至九月，在法國陪伴重病的大哥尼古拉。九月二十日，大哥尼古拉過世。秋天，在倫敦與作家赫爾岑會面。

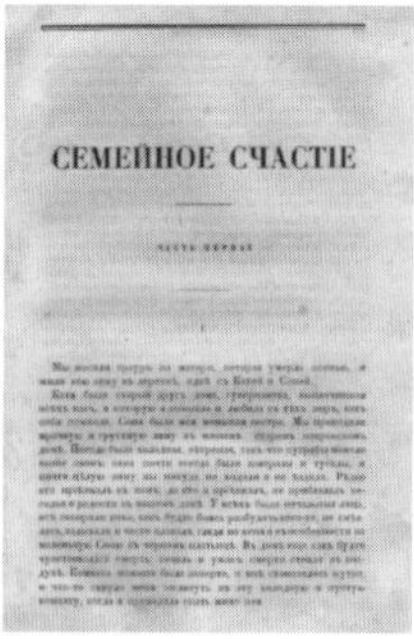
СЕМЕЙНОЕ СЧАСТIE

家庭、幸福是托爾斯泰一生關注的重要主題，並在許多創作中反覆議論。〈家庭幸福〉有別於托爾斯泰的大部分創作，是由女性第一人稱敘事，小說反映了現實中托爾斯泰對鄰村女孩阿爾謝涅娃的愛慕與婚姻想像，但此作發表後不受評論關注，讓他一度對文學創作灰心。

堂姑媽亞歷山德拉．托爾斯塔雅是宮廷女官、皇室子女教師。她是托爾斯泰一生的密友。

一八六一年

四月，自國外返抵彼得堡。五月，回晴園；被任命為克拉皮文斯基縣的調解員，審理地主與農民衝突的司法案件。十至十一月，應農民要求，在克拉皮文斯基縣開設多所學校。

一八六二年

年初，從事《晴園》雜誌的出版工作；寫〈論國民教育的意義〉等文章。八月，遇到來圖拉省家族旅行的索菲雅．別爾斯，一見鍾情向她告白。八月底至九月，住在莫斯科，每天拜訪別爾斯一家。九月十四日，向索菲雅．別爾斯求婚。九月二十三日，在克里姆林宮的聖母誕生教堂舉行婚禮。

一八六三年

一月，《晴園》雜誌停刊。二月，《俄羅斯通報》刊出小說〈哥薩克〉。六月二十八日，長子謝爾蓋出生。

一八六四年

春天至秋天，寫小說《一八〇五》（《戰爭與和平》的前身）。八月，《托爾斯泰伯爵作品集》第一卷出版。

托爾斯泰，1861 年熱留茲攝。這是托爾斯泰至倫敦時送給作家赫爾岑的照片。

別爾斯家的三姊妹，左起索菲雅、小妹塔吉雅娜、大姊葉麗莎維塔，1858-1859 年攝。1862 年，托爾斯泰經常拜訪別爾斯一家，由於大姊精通音樂和文學，當時周遭人都以為他對大姊有意思，沒想到最後托爾斯泰是向索菲雅求婚，這個結果讓大姊很不是滋味。

十月四日，女兒塔吉雅娜出生。

一八六五年

一至二月，《俄羅斯通報》刊出小說《一八〇五》。夏天，務農、訪友、打獵。秋冬，寫《一八〇五》的續篇。

一八六六年

五月二十二日，兒子伊利亞出生。夏天，完成喜劇《虛無主義者》。十月十日被參政院授予名譽調解法官職務。

一八六七年

三月二十三日，與卡特科夫印刷廠簽訂印刷協議，此時首次將小說《一八〇五》命名為《戰爭與和平》，但最終選擇在里斯印刷廠付印。九月底，參觀博羅季諾平原。

一八六八年

九月，寫《識字課本》計畫的初稿。

一八六九年

五月二十日，兒子列夫出生。八月底至九月中，前往奔薩省購買莊園（但沒買成），途經阿爾札馬斯一家旅館過夜時，經歷「阿爾札馬斯的恐懼」——即對死亡的恐

博羅季諾戰役全景畫之局部，盧博繪。此戰役是 1812 年俄羅斯衛國戰爭中最慘烈的一役，也是整場戰爭的轉捩點，8 月 26 日俄方統帥庫圖佐夫率十多萬軍隊與兵力相當的法軍在博羅季諾平原決戰，雙方死傷慘重，隔天庫圖佐夫決定撤退至莫斯科外圍保留實力，並堅壁清野留下莫斯科空城給拿破崙過冬，由於天候、地理、補給、士氣等因素，後續的戰局逆轉。博羅季諾戰役在《戰爭與和平》中有精彩的描寫。

懼，這是托爾斯泰未來精神上的轉捩點，小說〈瘋人日記〉中對此多有著墨。

一八七〇年

二月二十四日，妻子索菲雅在日記中初次提到《安娜·卡列妮娜》的情節。三月，喜歡和兒子謝爾蓋一起滑冰。夏天，務農。托爾斯泰寫信給費特：「感謝上帝，這個夏天像馬一樣愚蠢，我做事、伐木、翻土、割草，不去想那些討厭的文學和文學家，上帝保佑。」

一八七一年

二月十二日，女兒瑪麗亞出生。六至八月初，疑似罹患肺結核（但未證實），與小舅子斯捷潘一起去薩馬拉省接受馬奶酒治療。八月底，購買位於薩馬拉省的兩千五百俄畝土地。秋天，與友人獵狼；寫《識字課本》。

一八七二年

一至四月，與妻子及較年長的小孩謝爾蓋、塔吉雅娜教導農民兒童學習。四月底，《對話》雜誌刊出小說〈上帝看到真理，但不會很快告知〉。五月，《黎明》雜誌刊出小說〈高加索的囚徒〉。六月十三日，兒子彼得出生。

《戰爭與和平》中羅斯托夫家族打獵情景，謝羅夫繪。托爾斯泰喜愛打獵，在現實生活中打獵，也在文學創作中描寫打獵。

安娜·卡列妮娜，盧達科夫繪。1870年托爾斯泰的妻子在日記中提到丈夫向她透露《安娜·卡列妮娜》的情節：「他想像一種來自上流社會已婚卻失去自我的女人，他說他的任務是讓這個女人只有可憐，沒有罪惡感……」

一八七三年

三月十八至十九日，讀普希金的《貝爾金小說集》，以及普希金未完成的小說《賓客相聚別墅》，之後有感而開始寫《安娜．卡列妮娜》。四至五月，持續寫《安娜．卡列妮娜》。五月十一日，寫信給斯特拉霍夫：「這是我生命中的第一部小說，讓我的心情激昂不已，我全副身心都投入其中……」九至十月初，畫家克拉姆斯科伊在晴園為托爾斯泰繪肖像畫。十一月九日，兒子彼得病逝。十二月七日，當選科學院俄羅斯語文組通訊院士。

一八七四年

三月，《安娜．卡列妮娜》第一部於莫斯科付印。四月二十日，兒子尼古拉出生。六月二十日，姑媽約爾戈利斯卡雅過世，之後給堂姑媽托爾斯塔雅的信中提到：「她是個非常好的人……我和她生活了一輩子，她不在我會很害怕。」

一八七五年

一至五月，《俄羅斯通報》刊出小說《安娜．卡列妮娜》前三部。二月二十日，未滿一歲的兒子尼古拉過世。五

尼古拉．斯特拉霍夫是哲學家、出版家、文學評論家，與托爾斯泰交好。1875 年 7 月托爾斯泰給斯特拉霍夫的信中提到薩馬拉的生活：「我和巴什基爾人一起喝馬奶酒，我買馬，賽馬，耕地，雇人收割，賣小麥和睡覺。」

普希金 1831 年出版的《貝爾金小說集》給予許多作家創作的靈感；托爾斯泰曾對友人說他讀了七次，對此作欽佩不已，並表示深入研究普希金之後，對自己的寫作有很大幫助。

月，哲學家索洛維約夫至晴園來訪。六月，去薩馬拉的莊園。十一月一日，女兒瓦爾瓦拉出生當天即過世。十二月二十二日，姑媽尤什科娃過世。

一八七六年

二至四月、十二月，《俄羅斯通報》刊出《安娜．卡列妮娜》第三、四、五部。秋天，迷上打獵。九月，去薩馬拉和奧倫堡買馬。十月，在晴園籌備一所師範學校，打算從省貴族議會獲得補助，因申請案被拒而計畫中斷。十二月，在莫斯科音樂學院的音樂會上結識柴可夫斯基。

一八七七年

二至五月，《俄羅斯通報》刊出《安娜．卡列妮娜》第六、七部。五至六月，《俄羅斯通報》拒絕刊出《安娜．卡列妮娜》最後一部，因為托爾斯泰不同意刪除與塞爾維亞戰爭有關的段落，結果只刊出最後一部的內容摘要。七月，委託里斯印刷廠以單行本出版《安娜．卡列妮娜》最後一部。十二月六日，兒子安德烈出生。

一八七八年

四月六日，寫信給屠格涅夫道歉並提議和解，這是

弗拉基米爾．索洛維約夫，1884年克拉姆斯科伊繪。1875年8月，托爾斯泰寫信給斯特拉霍夫談及他對索洛維約夫的印象：「與哲學家索洛維約夫的相識給了我很多新的東西，對我的哲學思考有很大的啟發，使我確定並釐清了我餘生最重要的事，以及對死亡的想法……」

托爾斯泰與土地測量員、農民合影，1890年攝。

妻子索菲雅在回憶錄裡提到：「托爾斯泰想創辦一所農民大學，這所學校未來的教師不得離開身處的農民環境：夏天耕種、播種、割草等，冬天從事教學和進一步的自我教育——就像他平日所做的那樣。」

一八六一年兩人吵架而斷交十七年後的初次互動，一個月後收到屠格涅夫的善意回應。四月十二日，購買位於薩馬拉省占地約四千俄畝的土地。

一八七九年

春天，大齋戒期間與全家人一起嚴守齋戒規範，晚上共讀福音書。十至十二月，經歷一段探索宗教哲學的時期，這導致他後來的世界觀大大轉變；開始寫〈教會與國家〉、〈基督徒可以做什麼和不能做什麼〉等文章。十二月二十日，兒子米哈伊爾出生。

一八八〇年

三月，拜訪作家迦爾洵。五月初，屠格涅夫至晴園作客。夏天，時任圖拉副省長的烏魯索夫公爵常來訪，他是托爾斯泰的朋友、追隨者。九月底，重讀杜斯妥也夫斯基的《死屋手記》。十月初，至莫斯科為孩子們找家庭教師並買書。十一至十二月，繼續致力於四福音書的翻譯和研究；妻子注意到這段期間與丈夫的爭吵加劇。

一八八一年

二月初，給斯特拉霍夫的信中談到杜斯妥也夫斯基的過

屠格涅夫打獵，1879 年德米特里耶夫－奧倫布爾斯基繪。托爾斯泰與屠格涅夫之間的恩怨相當複雜。托爾斯泰的岳父是宮廷醫生，年輕時與屠格涅夫的母親有過一段情，並生有一女。因此，婚後的托爾斯泰便與屠格涅夫從朋友成了某種程度上的親戚關係。

1879 年 11 月，妻子索菲雅寫信給妹妹抱怨托爾斯泰的近況：「唉！他總寫一些宗教議論，思考到頭疼，這一切只是要證明教會與福音書的教義不相符。俄羅斯對這感興趣的恐怕不到十個人。但能怎麼辦，我只希望他趕快寫完。」

世令人不捨。三月八至十五日，寫信給沙皇亞歷山大三世，請求赦免三月一日刺殺沙皇亞歷山大二世的革命分子。七月初，得知某地方的檢察官梅奇尼科夫因病過世，了解他的疾病和死亡後轉化為小說《伊凡．伊里奇之死》的情節基礎。十月三十一日，兒子阿列克謝出生。

一八八二年

四月，《懺悔錄》投給《俄羅斯思想》雜誌，此作反映了他的新世界觀：「我放棄了我們圈子的生活，因為我認清了這不是生活，只是生活的假象，我們在富足的條件下生活，剝奪了我們了解生活的可能性……我必須去了解一般勞動人民的生活……」七月中，買下位於莫斯科哈莫夫尼基區的房子。十月，全家搬去新居。十至十一月，學習希伯來語，以便閱讀聖經。

一八八三年

六月二十七日，屠格涅夫過世前寫來最後一封信，稱托爾斯泰為「俄羅斯土地上的偉大作家」，並呼籲他回歸文學活動。十月中，認識切爾特科夫，直到生命終了兩人一直是志趣相投的密友。

托爾斯泰夫妻，阿巴梅列克－拉札列夫攝，1884 年。妻子索菲雅後來在回憶錄中提到：「和藝術家丈夫在一起，我很幸福，和宗教思想家丈夫在一起，我的生活、幸福都黯淡了。」

民意黨革命分子刺殺沙皇亞歷山大二世，1881 年 3 月 1 日新聞報刊的示意圖。此圖為第一次爆炸，沙皇在第二次爆炸時被炸重傷而死。

一八八四年

三月，在日記中寫到貴族階層的生活沉重、與妻子的關係難解，以及在家中的處境孤獨。六月中，與妻子吵架後打算離家出走，出門後想到妻子懷孕又返家。六月十八日，女兒亞歷山德拉出生。十一月，與切爾特科夫合辦出版社「媒介」，旨在為平民出版書籍。

一八八五年

一月初，妻子接管托爾斯泰作品的出版和銷售。二月，妻子前往彼得堡，諮詢斯特拉霍夫和杜斯妥也夫斯卡雅關於出版的機關組織和作品訂購的實務。三月底，在莫斯科參觀巡迴展覽畫派的畫展，特別注意到列賓的畫《恐怖伊凡與他的兒子伊凡，一五八二年十一月十六日》。

一八八六年

年初，寫〈三隱士〉、〈人要多少地才夠?〉、〈工人葉梅利揚和空鼓〉等小說。四月四至九日，與友人從莫斯科徒步旅行至晴園。

一八八七年

二月，「媒介」出版《黑暗的力量》，但此劇本未通過

托爾斯泰的三個女兒，左起塔吉雅娜、瑪麗亞、亞歷山德拉，1892 年攝。小女兒亞歷山德拉自幼受良好的家庭教育，包括家庭教師和兩位姊姊的悉心教導，她後來成為父親的得力助手。

托爾斯泰與切爾特科夫在勒熱夫斯克農莊合影。切爾特科夫是托爾斯泰晚年的密友，也是托爾斯泰主義運動的領導者，藉由出版書籍來宣揚托爾斯泰晚年的思想。

審查而禁止上演。夏天，務農，校對《關於生活》；演員安德烈耶夫－布爾拉克至晴園拜訪，並講了一個故事——火車上一位陌生人講述妻子不忠——被托爾斯泰用在《克羅采奏鳴曲》的情節中。秋天，在晴園從事文學工作外，也做手工藝，縫製靴子。

一八八八年

一月底，《黑暗的力量》在巴黎的自由劇院首演。三月三十一日，兒子伊凡（最後一個孩子）出生。五月，向司法官員科尼請求允許使用他講述關於羅莎莉亞和她的引誘者的故事，這個情節後來被用在小說《復活》中。

一八八九年

年初，開始寫《復活》。三月七日，為雕塑家克洛特的作品《耕地上的托爾斯泰》擺姿勢。五月二至七日，與追隨者波波夫一起徒步旅行，從莫斯科到晴園。八月底至十月，為幾位友人朗讀《克羅采奏鳴曲》；斯特拉霍夫來信告知：「彼得堡有人覺得這個故事不雅。」

一八九〇年

一月，戲劇《黑暗的力量》在彼得堡首演。二月底，去

托爾斯泰的家庭讀書會，1887 年攝；這年的夏末，他讀了小說《死靈魂》和果戈里的其他作品。從這裡可以看出當時現場參與者的神態。

巴斯特納克（L O. Pasternak, 1862-1945）為《復活》作的插畫。這部小說闡述托爾斯泰晚年非常看重的主題——墮落的心靈如何復活。

別廖夫市的聖十字修道院訪妹妹瑪麗亞，然後去奧普京納修道院拜訪長老安布羅斯。三月，內政部長禁止《克羅采奏鳴曲》出版。四月，喜劇《啟蒙的果實》在圖拉首演。四至十二月，丹麥、德國、美國、英國等多位翻譯家至晴園拜訪。六月，與妻子的談話中表示希望將作品的版權開放給公眾。九月底至十月底，藝術家格至晴園為托爾斯泰雕塑半身像，也為他的女兒瑪麗亞畫肖像。

一八九一年

三月底至四月中，妻子前往彼得堡處理《克羅采奏鳴曲》的出版審查許可，並尋求與沙皇亞歷山大三世的接見，最終獲准出版，但只能收錄在作品集中。九至十一月，俄羅斯中部因作物歉收而爆發飢荒，為圖拉省和梁贊省的飢民組織募款及糧食發放。十月，原預定在《哲學與心理學問題》雜誌刊出的〈論飢荒〉被查禁。

一八九二年

四月，《四福音書的彙整、翻譯和研究》第一卷於日內瓦出版。七月七日，簽署一項協議，據此他所有的不動產都轉移給妻子和孩子。

托爾斯泰走訪飢荒地區，記錄飢民的問題。

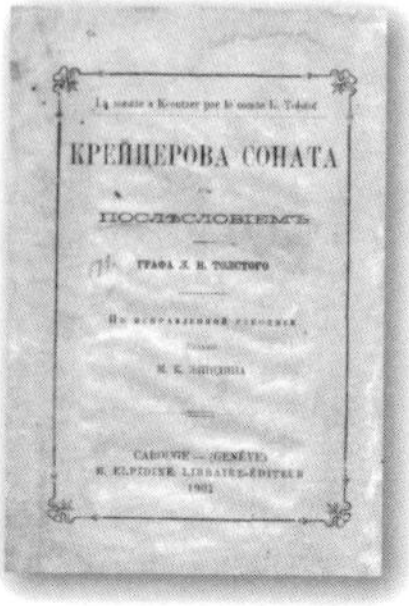

1901年在瑞士日內瓦出版的《克羅采奏鳴曲》。俄國官方禁止此作在報刊雜誌發表或以單行本的方式出版，僅允許收錄在成套的托爾斯泰作品集中，然而審查禁令反而激發了讀者的好奇心，讓這部作品的名氣大增。

一八九三年

一月，《北方通報》刊出小說〈蘇拉特咖啡館〉。

一八九四年

一月四日，作家布寧至莫斯科來訪。二月，參觀莫斯科特列季亞科夫畫廊。四月底，雅羅申科畫托爾斯泰的肖像。十一月，內政部長下令禁止瑞士出版的《四福音書的彙整、翻譯和研究》輸入俄羅斯。

一八九五年

二月二十三日，小兒子伊凡過世。三月二十七日，在日記中擬了遺囑的初稿，其中向繼承人提出將作品版權轉讓給公眾的要求。三月，《北方通報》刊出小說〈主人與雇工〉。八月八至九日，契訶夫首次至晴園拜訪。八月十二日，妻子給兒子列夫的信中表示不贊同《復活》的內容。十一月二十九日，《黑暗的力量》在莫斯科小劇院首演，全場熱烈鼓掌歡呼。

一八九六年

一月底，得知斯特拉霍夫過世。四月，在莫斯科大劇院觀賞華格納的歌劇《齊格菲》；後來在〈何謂藝術？〉

托爾斯泰與家人合照，左起米哈伊爾、托爾斯泰、么子伊凡、列夫、亞歷山德拉、安德烈、塔吉雅娜、妻子索菲雅、瑪麗亞。托爾斯泰共有十三個子女，其中五位早夭，瑪麗亞青年早逝。對托爾斯泰來說，「面對死亡」不只是哲學思考，也是生活課題。

莫斯科「舍雷爾－納勃霍爾茨」照相館攝，1892 年。

中評價了這部歌劇。

一八九七年

二月，寫信給妻子談到她迷上作曲家塔涅耶夫令他感到痛苦。三月底，到莫斯科的醫院探訪住院的契訶夫，談論到「永生不死」。七月八日，寫兩封信給妻子，說明打算離開晴園（但信在托爾斯泰過世後才被交給妻子）。

一八九八年

一月，音樂家林姆斯基－高沙可夫來訪，兩人談論藝術時發生爭執。四月，雕塑家特魯別茨科伊為托爾斯泰雕塑半身像。九月底，前往奧廖爾察訪與《復活》情節相關的監獄。十月，畫家巴斯特納克為《復活》插圖事宜至晴園來訪。十月十二日，與《尼瓦》雜誌的出版商簽訂協議，請對方將《復活》的全部稿費，轉交給四千名反教會儀式派教徒供遷居加拿大之用。

一八九九年

三月，每天去藝術家特魯別茨科伊的工作室為雕塑擺姿勢。三月，《尼瓦》雜誌刊出小說《復活》的前幾章。四月二十二日，接待契訶夫，交談中稱讚高爾基。

托爾斯泰在特魯別茨科伊的工作室為雕塑擺姿勢，1899 年。

托爾斯泰夫妻結婚三十四週年紀念照，1896 年。儘管婚姻維繫著表面的家庭和諧，夫妻倆的心靈分歧越見明顯，托爾斯泰晚年多次想要離家出走。

么子伊凡過世後，妻子索菲雅試圖在音樂中尋求慰藉，迷上作曲家塔涅耶夫，兩人藉音樂活動多有往來，讓托爾斯泰受不了而抱怨：「我們的生活被一個陌生的、不需要的，且一點都不有趣的人主導著……」

一九〇〇年

一月，當選科學院文學組名譽院士。一月二十四日，出席契訶夫戲劇《凡尼亞舅舅》在莫斯科藝術劇院的演出。三月底，東正教最高會議裁定：「在列夫．托爾斯泰伯爵沒有懺悔而死亡的情況下，禁止舉行追悼、祭禱和安魂儀式。」八月三日，得知哲學家索洛維約夫過世，心有感觸——因兩人晚年彼此否定對方的宗教哲學觀，索洛維約夫尖銳批評托爾斯泰的「不以暴抗惡」的觀點。十二月，寫自傳體戲劇《光明在黑暗中照耀》。

一九〇一年

二月二十四日，《教會公報》刊出東正教最高會議對托爾斯泰的裁定，正式宣告托爾斯泰脫離教會，理由包括：「他在作品及書信中狂熱宣揚推翻東正教會的所有教義與基督教信仰的本質……並刻意斷絕與東正教會的一切交流。」七月二十三日，簽署一份遺囑，內容為家人抄自托爾斯泰一八九五年的日記：「把我埋在我死去的地方，用最便宜的棺材，就像埋葬乞丐一樣……讓我的妻子、切爾特科夫等人審閱我的文稿……我要求繼承人放棄我的作品版權，轉讓給社會公眾……」八月，生病一

托爾斯泰，切爾特科夫攝，1908 年。這是托爾斯泰最滿意的人像照，他表示：「在這張人像中，我彷彿看著鏡子……當然，是在美好的那一刻。」
對於東正教最高會議的裁定，托爾斯泰於 1901 年 4 月 4 日寫了一篇文章回應：「我脫離了那個自稱為東正教的教會，這個決定絕對公正。但我脫離教會並非是要反抗主，恰恰相反，我只想用我全部的心靈力量為祂服務……最初我愛我的東正教信仰勝過我內心的安寧，然後我愛基督教勝過我的教會，現在，我愛真理勝過世界上的一切。」

段期間，病情複雜。九月五日，在妻子陪伴下去克里米亞的加斯普拉療養。九月十二日，契訶夫自雅爾達來訪。

一九〇二年

二月初，患肺炎至病危的程度。二月十五日，妻子收到都主教安東尼的勸說信，表示願意幫助托爾斯泰重返教會。四月底，患腸傷寒。十二月初，患流感病重，半個月後好轉，卻又因肝病健康惡化。

一九〇三年

一月初，病癒後開始寫作，接待訪客。五月，完成文章〈致政治活動者〉後寄給切爾特科夫，在附給對方的信中稱此文為〈論革命活動的危害〉。

一九〇四年

二月，妻子開始寫回憶錄《我的生活》。三月二十一日，堂姑媽亞歷山德拉．托爾斯塔雅過世。八月二十三日，二哥謝爾蓋過世。

一九〇五年

年初，為契訶夫小說〈寶貝〉寫後記。一月十一日，從

1901 年 2 月 24 日刊出東正教最高會議裁定托爾斯泰脫離教會的《教會公報》。

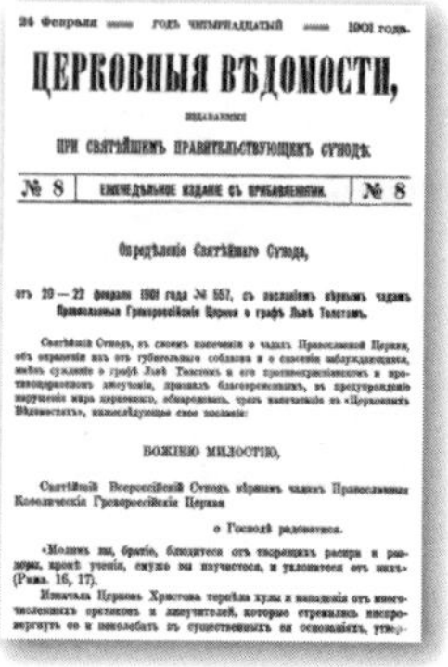

24 Февраля — ГОДЪ ЧЕТЫРНАДЦАТЫЙ — 1901 года.

ЦЕРКОВНЫЯ ВѢДОМОСТИ,

ПРИ СВЯТѢЙШЕМЪ ПРАВИТЕЛЬСТВУЮЩЕМЪ СУНОДѢ.

№ 8 | ЕЖЕНЕДѢЛЬНОЕ ИЗДАНІЕ СЪ ПРИБАВЛЕНІЯМИ. | № 8

Опредѣленіе Святѣйшаго Сунода,

БОЖІЕЮ МИЛОСТІЮ,

托爾斯泰夫妻與契訶夫在克里米亞的加斯普拉會面，右後站立者為女兒瑪麗亞，謝爾格延科攝，1901 年。

報紙得知一月九日發生「血腥星期日」事件。三月，雕塑家安德烈耶夫為托爾斯泰雕塑半身像。

一九〇六年

十一月二十七日，女兒瑪麗亞過世。

一九〇七年

三至五月，寫文章〈我們的人生觀〉，內容談非暴力與愛是生活的基礎。五月二十日，得知以工程師為業的小舅子維亞切斯拉夫．別爾斯前一天在彼得堡被社會革命黨極端分子殺害。七月，寫信致部長會議主席（即總理）斯托雷平，談到農民的地位和廢除土地私有制的必要。

一九〇八年

一月，圖拉的神父特洛伊茨基來訪，勸說重返教會。七月，在日記中表示自己在家中很痛苦想離家出走。八月，健康惡化；意識到自己不久人世，向家人口述遺願——希望繼承人將他的作品版權轉讓給公眾，死後不舉行教會儀式，將他安葬在兒時與兄長遊戲的舊札卡斯森林邊，在那個「面向山谷、藏有綠色魔法棍的地方」。八月底至九月，度過八十歲生日，收到約兩千封賀信。

蘇聯時代發行的血腥星期日紀念郵票。血腥星期日事件是在彼得堡由格奧爾基．加邦神父領導的工人和平示威，被軍隊鎮壓後死傷慘重，引發社會不滿。政府未妥善處理，讓此事件成為俄國一九〇五年革命的引爆點。

托爾斯泰在「窮人樹」下，庫拉科夫攝，1908年。托爾斯泰家門前的這棵老榆樹下經常聚集許多人，包括上門求助者、窮人、農民、路過的朝聖者，托爾斯泰很樂意與他們交流。

一九〇九年

三月，《俄羅斯言論報》刊出文章〈論果戈里〉。四月，讀《里程碑——俄羅斯知識分子文集》，有所感觸，對於當時所謂的知識分子不太認同。七月，日記提到：「我越來越想離家去處理我的資產。」

一九一〇年

三月，準備出版與堂姑媽亞歷山德拉．托爾斯塔雅的通信集，並稱：「這些通信是我最好的傳記。」七月，在格魯曼特村附近的森林裡祕密重擬了最終版本的遺囑。十月二十八日，在家庭醫生馬科維茨基（也是托爾斯泰的追隨者、譯者）的陪同下祕密離開晴園的家，去卡盧加省的沙莫爾季諾修道院找當了修女的妹妹瑪麗亞。十月三十一日，聽說妻子可能來找他，匆匆離開沙莫爾季諾；乘火車途中由於生病發燒，滯留阿斯塔波沃火車站（位於現今的利佩茨克州），被安排在站長的屋舍休息。之後，托爾斯泰的家人及各地的記者來訪；按照醫生和孩子們的決定，妻子不被允許探視病人。十一月三日，都主教安東尼來電報，呼籲托爾斯泰回到教會（但家人沒給托爾斯泰看）。十一月七日，早上五點二十分，妻

托爾斯泰與馬科維茨基，切爾特科夫與塔普謝爾攝，1909 年。

托爾斯泰晚年與妻子索菲雅的關係越趨緊張，對此妻子在 1910 年的日記中指責切爾特科夫：「由於列夫．尼古拉耶維奇對我的冷酷無情，讓我與他的生活一天比一天難受。這一切都是切爾特科夫漸漸造成的。他無所不用其極地掌控那個不幸的老人，把我們分開，他扼殺了列夫．尼古拉耶維奇的藝術火花，並煽動他在近幾年的作品中只表現出譴責、仇恨和否定……」

托爾斯泰與切爾特科夫，切爾特科夫攝，1909 年。

子被允許探視已經昏迷不醒、瀕死的托爾斯泰，六點五分，托爾斯泰過世。雕塑家梅爾庫羅夫從剛過世的托爾斯泰臉上印製石膏面具，也為右手印製石膏模。十一月九日，在晴園舉行托爾斯泰的民間葬禮，在舊札卡斯森林邊聚集大量前來悼念的民眾。

托爾斯泰的墓地，丘光攝。托爾斯泰的大哥尼古拉兒時編造了一個傳說故事——在舊札卡斯森林邊，有一個面向山谷的地方藏有一根綠色魔法棍，那上面記載了讓世人幸福的祕密。

托爾斯泰帶領親朋好友去參加晴園鄉村的平民圖書館開幕，薩維利耶夫攝，1910 年 1 月 31 日。
托爾斯泰走向人生終點前的幾個月，仍努力不懈地帶領身邊的人走向閱讀，走向文化傳承，走向未來。

托爾斯泰向孫子伊利亞和孫女索菲雅講〈一個小男孩與七根小黃瓜的故事〉，切爾特科夫攝，1909 年。這是托爾斯泰極少數面帶笑容的照片，他講故事時生動的表情和肢體語言逗得小孩笑了出來。

托爾斯泰的第一幅肖像畫，巡迴展覽畫派創始人克拉姆斯科伊（Ivan N. Kramskoy, 1837-1887）繪，1873 年秋天。

這年春天托爾斯泰著手寫《安娜．卡列妮娜》，創作時「全副身心都投入其中」，彷彿感受到自己正在寫一部真正的小說，感受到小說藝術的迷人之處，感受到細節不能有一點虛假，因為對他來說，「明確的現實主義是唯一的武器」——或許，他也依此原則在這幅畫裡擺姿勢，那眼神、面容、儀態，在在流露出沉穩的自信和傲氣，似乎預見到自己未來三十多年的漫長寫作之路。